誰も戻らない

アウシュヴィッツとその後　第一巻

シャルロット・デルボー

亀井佑佳［訳］

月曜社

AUSCHWITZ ET APRÈS

I

AUCUN DE NOUS NE REVIENDRA

par

Charlotte Delbo

Minuit, 1970

今日、私は自分の書いたことが真実であるのかどうか自信がない。
私はこれが真実を語るものであることを確信している。

目次

誰も戻らない

到着通り、出発通り

到着する人々がいる。誰かを待つ人の群れを目で追って、自分を待っている人を探す。見つけると抱擁し、旅路に疲れたと語る。

出発する人々がいる。出発しない人々に別れを告げ、子どもたちを抱きしめる。

到着する人々のための通りがあり、出発する人々のための通りがある。

「到着時《ア・ラリヴェ》」というカフェがあり、「出発時《オ・デパール》」というカフェがある。

到着する人々がいて出発する人々がいる。

だがそれは到着する人々がまさしく出発する人々でもある、とある駅だ
到着する人々が一度も到着したことがなく出発した人々が二度と戻ることのなかった、とある駅。
それは世界で最も大きな駅だ。
彼らがどこからかやってきて到着するのは、この駅である。

幾日も幾晩も経て彼らはここに到着する
あらゆる国々を横断して
彼らは子どもたちと一緒に到着する、旅には耐えられない小さな子どもたちさえ抱えて。
この旅のために子どもたちと別れることなどできないから連れてきたのだ。
持っている者たちは金《きん》を持ってきた、金が役に立つことがあると信じていたから。
誰もが最も高価なものを持ってきた、遠方へ出発するのに高価なものを置いていってはいけないから。
誰もが自分たちのいのちを持ってきた、自分自身と一緒に連れていかなければならないものは、とりわけ自分のいのちだった。
そうして到着するとき
彼らは到着したと思う
地獄に
おそらくは。でも、彼らはそんなこと信じなかった。
彼らは地獄行きの列車に乗ったとは知らなかったが、とにかくここまで来たのだから、勇気を奮いおこして自分には立ち向かう覚悟があると考える
子どもたちや女たち、老いた両親たちを抱え、家族の思い出と家族の身分証明書を携えて。

この駅には到着することがないことを、彼らは知らない。

彼らは最悪の事態を予測している――だが、想像を絶する出来事を予測してはいない。

そして、五列に整列しろ、片側には男、反対側には女と子どもが並べ、と理解できない言語で怒鳴られると、棍棒に打たれて命令を理解した彼らは五列に整列する、彼らはあらゆることを覚悟しているから。

母親たちは子どもたちを自分のそばに抱きよせる――彼女たちは子どもたちを奪われるのではないかと震えていた――幾多の国を越え、子どもたちは飢え渇き、不眠にやつれきっているから。ついに到着だ、彼女たちは子どもたちの面倒を見られるようになるだろう。

そして、荷物や布団、思い出の品はホームに置いていけ、と怒鳴られると、彼らは置いていく、あらゆることを覚悟しなければならず、もう何ものにも驚きたくないから。彼らは「そのうちわかるさ」と口を揃える、すでにいろんな目に遭いすぎて旅には疲れきっているから。


その駅は一つの駅とは言えない。一本の線路の終わりである。彼らは見つめ、自分たちを取り巻く荒れ地に打ちのめされる。

朝には薄靄が沼地を視界から隠す。

晩には反射鏡が白い有刺鉄線を鮮明な天体写真のように照らしだす。彼らはあんな場所に連れていかれるのかと思い、震えあがる。

夜には母親の腕にのしかかる子どもたちと一緒に昼間を待っている。彼らは待ちながら自問する。

昼間には彼らは待つことはない。列はすぐさま行進を始める。子持ちの女たちが最初で、一番くたびれている。次は男たち。彼らもくたびれてはいるが、自分の妻や子どもたちが最初に通過させてもらえたことに安心する。

女や子どもたちが最初に通過させてもらえたから安心する。

冬には寒さに襲われる。とりわけカンディア[1]の出身者たちには、雪は初めての体験だ。

夏には出発のときに閉じこめられた暗い輸送列車から出ると、太陽に目がくらむ。

フランスからウクライナからアルバニアからベルギーからスロヴァキアからイタリアからハンガリーからペロポネソス半島からオランダからマケドニアからオーストリアからヘルツェゴヴィナから黒海沿岸からバルト海沿岸から地中海沿岸からヴィストゥラ川[2]流域からの出発のときに。

彼らは自分がどこにいるのか知りたがっている。ここがヨーロッパの中心だと知らないのだ。彼らは駅の標識を探している。ここは名前のない、とある駅だ。

彼らにとっては一度も名前を持つことのない、とある駅。

人生で初めて旅をしてきた人々がいる。

世界中の国を旅してきた人々、商人たちがいる。彼らにはどんな風景もお馴染みのものなのに、ここがどこなのかはわからない。

彼らは見つめている。もう少しすれば、ここがどんな場所なのか語ることができるだろう。誰もが自分がどんな印象を抱いたか、もう戻ることはないとどれほど感じたかを覚えておきたいと願う。

それは人生ですでに抱くことのありえた感情の一つである。彼らは感情というものには警戒しなければならないことを知っている。

大きなショールをはおり結わえた布包みを抱えて、ワルシャワから来た人々がいる
ザグレブから来た人々がいて、頭にスカーフを巻いた女たちがいる
カラフルな毛糸で夜鍋して編んだニットを身に着けてドナウから来た人々がいる
ギリシアから来た人々がいる、彼らは黒オリーブとトルコ菓子《ロクム》を持ってきた
モンテ‐カルロから来た人々がいる
彼らはカジノにいたのだ
燕尾服を着ていて、この旅がすっかり台無しにしてしまった胸当てが付いている
お腹が出ていて頭が禿げあがっている

銀行で賭けごとをして肥えた銀行家なのだ

白いドレスの花嫁とともにシナゴーグ[3]から出てきた花婿たちがいる、花嫁のヴェールは貨車の床でじかに寝たせいで皺くちゃになっている

黒い礼服にシルクハットの花婿は手袋が汚れ

両親や招待客たち、真珠のハンドバッグを持った女たち

この人たちはみんな、破れにくい服に着替えに家に寄れなかったことを後悔している。

ラビ[4]は姿勢を正し、先頭を歩いている。彼はいつも他の者たちの模範だった。

全く同じプリーツスカートを穿《は》いて、帽子の青いリボンを風にはためかせた寄宿学校の少女たちがいる。列車を降りるとき彼女たちはしっかり靴下を引きあげる。それから木曜日のお散歩のときのようにお行儀よく五列に並んで、何も知らずに手を繫ぎあう。先生に連れられたこの寄宿学校の小さな女の子たちに何をしてやれるだろう? 先生はこの子たちに言う。「いい子にしてね、おちびちゃんたち」。彼女たちは悪さをしようなどとは考えていない。

アメリカにいる子どもたちから便りを受けとっていた老人たちがいる。彼らが外国について抱くイメージは送られてきた絵葉書から与えられたものだ。ここで見ているものと似た景色はどこにもなかった。子どもたちは彼らがここで目にしているものを絶対に信じないだろう。

知識人たちがいる。彼らは医師や建築家、作曲家や詩人たちで、歩き方と眼鏡でわかる。

彼らもまた生きているあいだにたくさんのものを見てきた。たくさん勉強してきた。本を書くために想像力を駆使してきた人たちもいるが、彼らの空想の中にさえもここで見ているものと似た景色はない。

大都市のあらゆる毛皮職人たち、紳士服や婦人服専門のあらゆる仕立屋たち、西洋に移住してきたものの、ここが先祖代々の地とは認めていないあらゆる縫製工たちがいる。

様々な町から来た尽きせぬ群衆がいる。それぞれ自分の町で自分の蜂の巣を占拠していたわけだが、今ここにはそんな人々がおびただしい列をなしている。折り重ねられた蜂の巣状の町の中にどうやってこの人たちみんな入りきっていたのか、誰もが不思議に思う。

五歳くらいの子どもをひっぱたく母親がいる。たぶん、子どもは手を繋ぐのを嫌がっているが、母親のほうは子どもに大人しく自分の横にいてほしいのだ。こんな人混みでは迷子になりかねないが見知らぬ場所で離れ離れになるわけにはいかない。彼女は自分の子どもをひっぱたく、そして知っている私たちは彼女のしたことを赦すことができない。もっとも、彼女がその子にキスを浴びせたとしても結果は同じだ。

十八日間も旅してきて頭がおかしくなり、貨車の中で殺しあいをしてきた人たちがいるぎゅうぎゅう詰めの旅のあいだには窒息死した者たちがいて

もちろんその人たちは列車を降りることができなかった。

胸に人形を抱いた小さな女の子がいる、人形たちでさえ窒息させられる。

白いコートを着た二人姉妹がいる、彼女たちは散歩に出たまま夕食に帰れなかった。両親はまだ心配している。

五列になって彼らは到着通りに進む。それが出発通りだと、彼らは知らない。それは一度きりの通り道だ。

彼らはきちんと順番に歩く——叱責される隙を与えないように。

ある建物の前に到着し、ため息をつく。ついに到着したのだ。

そして服を脱げと女たちが怒鳴られると彼女たちは先に子どもたちの服を脱がせるが彼らが完全に目を覚ましてしまわないように気をつけている。幾日も幾晩も旅してきたあとで子どもたちはいらいらしてぐずっている

そして彼女たちも子どもたちの前で服を脱ぎはじめる　仕方ない

そしてそれぞれに一枚ずつタオルが手渡されると彼女たちは心配する　シャワーは温かいかしら　子どもたちが風邪を引いてはいけないから

そしてもう一つの扉から男たちも裸でシャワー室に入ってくると女たちは子どもたちを抱きよせて隠す。

そしておそらくそのとき誰もが理解する。

そして今となっては彼らが理解しても何の役にも立たない　ホームで待っている者たちに
教えてあげることはできないのだから
灯りの消えた貨車に揺られ　あらゆる国々を横断してここに到着する者たちに
気候や労働のことを心配し　財産を置いていくことをおそれて　収容所の中で出発を憂えている者たちに
山や森に隠れていて身を隠すことにもう耐えられなくなった者たちに。何があろうと彼らは自宅に帰るだろう。どうして自宅にいるところを捜索されることがあろう　誰にも悪いことをしたことはないのに
全てを捨てることはできないから隠れようとしなかった者たちに
とても親切なシスターたちのいるカトリック寄宿学校に子どもたちを避難させたと思い込んでいた者たちに。

少女たちのプリーツスカートがオーケストラに穿かされようとしている。司令官は日曜日の朝にウィンナーワルツを演奏させたいのだ。
あるブロック長の女は、自分の部屋の窓に寝室らしい雰囲気を出すために、ラビが身にまとっていた神聖な布を使ってカーテンを作ろうとしている　ラビはこの布を何が起ころうとどこにいようと礼拝を行えるように身に着けていた。

あるカポの女は花婿の礼服とシルクハット　その友達は花嫁のヴェールで変装しようとしている　彼女たちは他の者たちが死ぬほど疲れて眠っている晩に結婚式ごっこをして遊ぼうというのだ。カポたちは楽しむことができる　晩にも疲れきってはいない。

病気のドイツ人女性たちに、黒オリーブとトルコ菓子《ロクム》が配られようとしている　でも彼女たちは、カラマタオリーブも普通のオリーブも好きではない。

そして一日中　一晩中
毎日毎晩　このヨーロッパのあらゆる国の燃料で煙突から煙が出る
煙突の近くの男たちは灰を掻きわけ、金歯から溶けだした金を見つけることに毎日を費やしている。ここのユダヤ人たちはみんな口の中に金歯があり、その数はあまりに膨大なので金は何トンにも及ぶ。

　そして春になると男たちも女たちも初めて干拓され耕された沼地に灰をまきちらし、人体のリン酸塩で大地を肥やす。

　彼らは腹に袋をくりつけ人骨の粉塵に手を浸し　風が吹くと苦労して畝の空中に灰を投げるものの風が粉塵を顔に投げ返すから　晩には顔じゅうが真っ白になり粉塵の上を流れた汗が皺になっている。

　そして肥料が不足するのではないかという心配は無用だ　列車は次から次へと毎日毎晩、毎日毎晩いつでも到着する。

それは到着する者たちと出発する者たちのための世界で最も大きな駅なのだ。
収容所の中に入った者たちだけが他の者たちに起こったことをあとから知り　駅で彼らと別れてしまったことを嘆く　その日将校は最も若い者たちに離れて列を作るようにと命じたから
沼地を干拓し他の者たちの灰をまくためには若者たちがいなければならない。
そしてここに入らず何も知らないほうがましだったはずだと彼らは言いあう。

二千年泣いたあなたたち
三日三晩　瀕死の苦しみに喘《あえ》いだ独りの人

あなたたちはどんな涙を浮かべることになるのか
瀕死の苦しみに喘いだ人たちのために
三百夜より遥かに長く、三百日より遥かに長く苦しんだ人たちのために
どれくらい
あなたたちは泣くことになるのか
死に瀕して幾多の断末魔に喘いだ人たち
しかも彼らは数えきれないのだ

彼らは永遠における復活を信じてはいなかった

それに彼らは　あなたたちが泣くことはないと知っていた。

ああ　知っているあなたたち
あなたたちは知っていただろうか　飢えは瞳を輝かせ　渇きは瞳を曇らせるということを
ああ　知っているあなたたち
あなたたちは知っていただろうか　人は自分の母親が死んでいるのを前にして
泣かないでいることができるということを
ああ　知っているあなたたち
あなたたちは知っていただろうか　朝には死にたくなり
晩にはこわくなるということを
ああ　知っているあなたたち
あなたたちは知っていただろうか　一日は一年より長く
一分は一生より長いということを
ああ　知っているあなたたち

あなたたちは知っていただろうか　脚《あし》は目よりも傷つきやすいということを
神経が骨よりも頑丈だということを
心が鋼《はがね》より固いということを
あなたたちは知っていただろうか　道端の石が泣かないということを
戦慄を表すには一つの言葉しかないことを
不安を表すには一つの言葉しかないことを
あなたたちは知っていただろうか　苦しみには限りがないということを
恐怖には境がないということを
そのことをあなたたちは知っていたのか
知っているあなたたちは。

私の母
それは二つの手　一つの顔
彼らは私たちの前で母たちを裸にした
ここでは母たちはもう子どもたちの母親ではいられない。

誰もが腕に消えない数字を刻まれた
誰もが裸で死ななければならなかった
入れ墨が死んだ男女の身元を特定するのだった。

荒れはてた　とある平原だった
とある町のはずれの
平原は凍りついていた
そして町は
名前のない町だった。

会話

「フランス人？」

「そうよ」

「私も」

彼女の胸にＦの文字はない。星が一つ。[5]

「出身は？」

「パリよ」

「ここに来て長いの？」

「五週間」

「私は十六日間」

「すでに長いでしょ、わかるわ」

「五週間……どうしたらそんなに長くいられるの？」

「そうよね」

「それで生き延びられると思う?」

彼女は物乞いしている。

「やってみるしかないわ」

「あんたたちなら望みがあるけど私たちは……」

彼女は私の縞模様のジャケットを指差してから、自分のコート、あまりにも大きすぎ、あまりにも汚なすぎ、あまりにもボロボロすぎるコートを指し示す。

「ねえ、私たちのチャンスは等しいの、きっと……」

「私たちには希望がない」

それから彼女の手がある仕草をし、その仕草は立ち昇る煙を連想させる。

「勇気を振りしぼって闘わなきゃ」

「どうして……何で闘わなきゃなんないの? 私たちはどうせみんな……」

彼女の手の仕草が完成する。立ち昇る煙。

「だめよ、闘わなきゃ」

「どうしてここから出られる望みがあるのよ。どうやっていつか誰かがここを出られるっていうの。今すぐ有刺鉄線に身投げしたほうがましだわ」。

彼女に何を言える? 彼女は小さく、かよわい。そして私には自分自身を納得させる力すらない。どんな議論も無意味だ。私は自分の理性と闘っている。誰もが理性そのものと闘っている。

煙突から煙が出る。空が低い。煙は収容所の上を漂い、重くのしかかり私たちを覆う。それは肉の焼ける匂いがする。

マネキンたち

「見て、見て」

私たちは自分の屋根裏部屋で、私たちがベッドやテーブルや床板として使わなければならなかった台の上でうずくまっていた。屋根はとても低かった。頭を下げた状態で座っていることしかできなかった。私たちは八人で、のちに死によって分かたれるこの八人グループの仲間たちは、この狭い寝床の上に腰かけていた。スープはすでに配られていた。私たちは女子室長《シュトゥボーヴァ》の顔に湯気を立てているドラム缶の前を交替で通るために長いこと外で待ったのだった。彼女は右の袖をたくしあげ、スープを給仕するためにおたまをドラム缶の中に沈めていた。スープの湯気の背後で怒鳴っていた。その声は湯気でふやけていた。怒鳴っていたのは、皆が押しあいへしあいしながらおしゃべりしていたからだ。私たちは鬱々とした気持ちで待っていて、飯盒《はんごう》を持つ手はかじかんでいた。だが今や、スープを膝に置いて私たちは食べていた。スープは汚れていたが温かい味がした。

「見て、見えたでしょ、中庭に……」

「ああ!」イヴォンヌ・Pはスプーンを落としてしまう。食欲を失くしている。

その格子窓は第二十五ブロックの中庭、壁に閉ざされた中庭に面している。収容所の中には開放される扉が一つあるが、もしあなたが通るときにこの扉が開いたら、素早く走って逃げだすことだろう。その扉も、扉の背後にあるはずのものも見たいとは思わないだろう。あなたは逃げる。私たちには窓から見えることがある。私たちは決して頭をそちら側に向けない。

「見て、見て」

最初、人は目を疑う。それらを雪から区別しなければいけない。それらは中庭に溢れかえっている。裸。くっつけて並べられている。白いものたち、その白さは雪の上で蒼褪めている。頭は剃られ、陰毛はまっすぐに硬直している。死体は凍っている。栗色の爪をした白いものたち。まっすぐに立った足の指は、実のところ滑稽だ。ぞっとするほどに滑稽なもの。

モンリュソンのクールテ大通り。私はヌーヴェル・ギャラリーで父親を待っていた。それは夏のことで、太陽がアスファルトの上で熱気を放っていた。一台のトラックが停まっていて、男たちが荷を降ろしていた。ショーウィンドウに飾るマネキンを配達していたのだ。男たちはそれぞれ腕に一体のマネキンを抱え、商店の入り口に置いていった。マネキンたちは裸で、露わな関節が目を引いた。男たちは慎重に運んで、熱い歩道の壁沿いにマネキンを横たえていった。

私は見つめていた。マネキンの裸を見て動揺していた。ショーウィンドウにマネキンがあるのは何度も見たことがあったが、それはドレスを着て靴を履き、カツラを被り、腕を折って気取ったポーズをとっていた。髪のない裸のマネキンがいるなどと考えたこともなかった。ショーウィンドウの外で照明も当てられず、何のポーズも取らないマネキンがいるなどと考えたこともなかった。マネキンの裸が露わにされていたことで、私は初めて死を目にしたときと同じ不快感を覚えた。

今、マネキンたちは雪の中に横たわり、アスファルトに照りつける太陽を思い出させる冬の明るさに浸されている。

そこで雪の中に横たわっている彼女たちは、昨日までは私たちの仲間だった。昨日、彼女たちは点呼に立っていた。五人ずつ整列して、収容所通り《ラーゲルシュトラーセ》の両端にいた。労働に出発し、沼地に這っていった。昨日、彼女たちはお腹を空かせていた。シラミが湧いて体を掻きむしっていた。昨日、彼女たちは汚いスープを飲み下していた。下痢をし叩かれていた。昨日、彼女たちは苦しんでいた。昨日、彼女たちは死にたいと望んでいた。

今、彼女たちはそこにいる、雪の中で裸の死体になって。彼女たちは第二十五ブロックで死んだのだ。第二十五ブロックでの死には、ここに来てさえ、人々が期待するような平静さはない。

ある朝、彼女たちは点呼のときに気絶したから、他の者たちより蒼褪めていたから、ＳＳ

の一人に指名された。彼は彼女たちを縦一列に並ばせる。一列になると、彼女たちのどんな衰弱も合わさって拡大し、それまでは群れの中に埋没していたあらゆる障害が見えてくる。そしてこの一列はＳＳの指揮の下、第二十五ブロックに押しやられるのだった。

一人でそこに向かった者たちもいた。自分の意志で。まるで自殺行為。彼女たちはＳＳが視察に来るのを待っていた。扉が開かれたとき——そこに入れるように。

走ることを強いられたある日、十分に早く走れなかった女たちもいた。

仲間たちによって扉の前にやむなく置き去りにされた女たちもいた。彼女たちは叫んでいた。「私を置いてかないで、私を置いてかないで」。

何日ものあいだ彼女たちは飢え渇いていて、特に渇きは深刻だった。彼女たちは凍え、ほとんど着るものもなく、わら布団も毛布もなしに板の上に身を横たえていた。瀕死の病人と狂人とともに閉じこめられ、断末魔と狂気の番が自分に巡ってくるのを待っていた。毎朝、彼女たちは外に出た。棍棒に打たれて外に出されるのだった。瀕死の病人と狂人に振りおろされる棍棒。生きている者たちは、夜のあいだに死んだ者たちを中庭に引きずってこなければならなかった。死者たちの人数も数えなければいけなかったからだ。ＳＳが通りすぎた。彼は自分の犬を彼女たちのほうにけしかけて遊んでいた。収容所じゅうで唸り声が聞こえた。それは夜の唸り声だった。あとには沈黙。点呼が終わった。それは昼間の沈黙だった。生きている者たちは帰った。死者たちは雪の上に残った。死者たちの服は脱がされた。洋服は他の者たちに提供されることになる。
二、三日ごとに、トラックが生きている者たちをガス室に運び、死者たちを焼却炉に投げこむためにやってきた。狂気はそこに入っていった女たちの最後の希望に違いなかった。生への執着によって狡猾さを身に着け、出発の際に脱出する者たちもいた。彼女たちは時として何週間かそこにとどまることがあったが、第二十五ブロックに三週間以上いたものはいなかった。窓の格子からは彼女たちの姿が見えた。彼女たちは懇願していた。「飲み物を、飲み物を」。しゃべる亡霊たちがいた。
「見て。ああ、彼女確かに動いたわ。あの人、後ろから二番目の。手が……指が開いたの、本当よ」

指がゆっくりと開く。色を失くしたイソギンチャクのように雪が花開く。

「見ないで。何で見るの?」イヴォンヌ・Pが哀願する。見開かれたその目は、まだ生きている死体に釘づけにされている。

「スープを飲んで」とセシルが言う。「彼女たちのほうはもう何も要らないの」。

私も見つめている。この動く死体を見つめていて、何も感じない。今、私は大人になっている。私は怯えることなく裸のマネキンを見つめることができる。

男たち

朝と晩に沼地の道路上で、私たちは男たちの隊列とすれ違った。ユダヤ人の男たちは私服を着ていた。ぼろぼろの洋服で、背には鉛丹でバツ印が書き殴られている。ユダヤ人の女たちと同じように。彼らの体にまとわりつく不格好な服。他の者たちは縞模様の服を着ていた。囚人服が痩せた背中の上ではためいていた。

私たちは彼らに同情していた。彼らは足並み揃えて行進しなければならなかったからだ。私たちの場合は歩けるように歩けばよかった。先頭のカポは肥え太り、ブーツを履いて暖かい服を着込んでいた。彼は拍子をとっていた。左《リンクス》、二《ツヴァイ》、三《ドライ》、四《フィア》。左《リンクス》。男たちは苦労して付いていった。彼らは木製の靴底のついた布靴を履いていたが、その靴底は足から剝がれかかっていた。私たちはどうやったらあんな靴で歩くことができるのかと思ったものだった。雪や雨氷の日、彼らは靴を手で持って歩いていたのだ。

彼らはあそこでの行進を身に着けていた。頭を前に、首を前に。頭と首が体の残りの部分を運んでいた。頭と首が足を引っぱっていた。痩せこけた顔の中で、くまのできた、黒い瞳孔の目が燃えていた。唇は黒か真っ赤に腫れていて、上下が離れると血の滲む歯茎が見えた。

彼らは私たちのそばを通りすぎた。とたんに私たちは囁いた。「私たちはフランス人よ、フランス人」。彼らの中に同郷人がいないか探すためだ。そのときの私たちはまだ一度もフランス人の男たちに会ったことがなかった。

歩くことに全神経を尖らせていたので、彼らは私たちを見もしなかった。私たちのほうは、彼らを見ていた。彼らを見つめていた。同情のあまりこぶしを握りしめて。彼らの考えていることが私たちに取り憑いた、それから彼らの行進が、彼らの目が。

私たちの中には食べ物を受けつけない病人があまりにも多かったので、パンがたくさん余っていた。私たちはどうにかして病人に食べさせようとして、食べ物に対する嫌悪感を克服し生き残るために食べるようにと、あらゆる議論を尽くして彼女たちを説きふせようとした。私たちの言葉は彼女たちの中に何の意欲も掻きたてなかった。到着してすぐ彼女たちは諦めてしまっていたのだ。

ある朝、私たちはベストの下にパンを隠しもっていた。男たちのためだ。男たちの隊列には出会わない。私たちはそわそわしながら晩を待つ。帰り道、背後から彼らの足音が聞こえてくる。ドライ。フィア。リンクス。彼らの行進は私たちより速い。私たちは彼らに道を譲るために端に寄らなければならない。ポーランド人？　ロシア人？　ここにいる全ての男たちと同様に、惨めで、血の滲むほど赤貧に喘いでいる男たち。

彼らがそばを通りすぎるやいなや、私たちは素早くパンを取りだし、彼らのほうに放り投げる。すぐさま乱闘が起こる。彼らはパンを摑みとり、争いあい、奪いあう。狼の目をしている。二人の男が落ちたパンを拾おうとして溝の底に転がり落ちる。

私たちは彼らが殴りあうのを見て涙を流す。

ＳＳが怒鳴り、犬を彼らにけしかける。その列は再編成され、行進が再開する。リンクス。ツヴァイ。ドライ。

彼らは私たちに見向きもしなかった。

点呼

黒いマントのＳＳの女たちが通りすぎた。彼女たちは人数を数えた。私たちはまだ待っている。

待っている。

何日も前から、次の日を。

前の日から、翌日を。

真夜中から、今日を。

待っている。

夜明けの気配が空に現れる。

何かを待たなければならないから昼間を待っている。

死を待っているのではない。予期しているのだ。

何も待ってはいない。

訪れるものを待っている。夜を、昼間の次に来るという理由で。昼間を、夜の次に来るという理由で。

　点呼が終わるのを待っている。

　点呼の終わりは、各々を自分の出ていく門に向かわせるホイッスルの合図によって告げられる。微動だにしなかった列は行進の体勢に入る。沼地に、レンガに、溝に向かう行進。

　今日はいつもより長く待っている。空の色がいつもより薄れている。私たちは待っている。

　何を？

　一人のＳＳが収容所通り《ラーゲルシュトラーセ》の端に現れ、私たちのほうに来て、私たちの列の前で立ち止まる。軍帽にはカドゥケウス[6]の記章があるから医師に違いない。彼は私たちを注視する。じっくりと。彼は話をする。怒鳴らずに。話している。質問だ。誰も答えない。彼は「通訳者《ドルメチェリン》」と呼びかける。マリー＝クロードが進みでる。ＳＳは質問を繰り返し、マリー＝クロードが通訳する。「私たちの中に点呼に耐えられない人はいるか訊いてるわ」。ＳＳが私たちを見つめている。彼の近くに控えている私たちの女子ブロック長《ブロコーヴァ》マグダが、私たちに目をやり、少し脇に動いてからまぶたで軽くウィンクする。

　本当のところ、誰が点呼に耐えられるだろう？　誰が身じろぎもせずに何時間も立ったままでいられるだろう？　真夜中に。雪の中で。食べることも眠ることもしないで。誰がこの寒さに何時間も耐えることができるのか？

　何人かの女が手を挙げる。

ＳＳは彼女たちを列から外れさせる。数える。少なすぎる。やさしい声で、彼はもう一言何かを言い、マリー＝クロードがまた通訳する。「彼は老人か病人、朝の点呼がつらすぎる人は他にいないかって訊いてる」。他に何人かの手が上がる。とたんにマグダが素早くマリー＝クロードに肘打ちしたので、マリー＝クロードは声のトーンを変えずに「でもそのことは言わないほうがいいわ」と付け加える。上がっていた手が下がる。一人を除いて。かなり小柄な一人の老女が背伸びをし、見つけてもらえないのではないかと不安になるあまり、腕を精一杯高く伸ばして振っている。ＳＳは離れていく。小さな老女は大胆にも「私もです、ムッシュー。六十七歳なんです」と叫ぶ。隣にいる女たちが「シィー！」と口に指を当てる。彼女は腹を立てる。何で邪魔するのさ、病人や老人をもっと楽にしてくれる制度があるなら、何でその恩恵を受ける邪魔をするのさ？　忘れられてしまったことに絶望して彼女は叫ぶ。彼女らしい、甲高い年寄りの声で叫ぶ。「私もです、ムッシュー。六十七歳なんです」。ＳＳはその声を聞いて振り向く。「来い《コム》」、そして彼女は先ほど編成されたグループに合流し、ＳＳの医師は彼女たちを第二十五ブロックへと護送する。[7]

ある日

彼女は斜面の背にしがみついていた、雪で覆われた斜面の背に両手両足でしがみついていた。全身が緊張していた、あごがぴんと張り、軟骨の脱臼した首が伸び、骨についた筋肉の残りものが伸びきっていた。

そしてその努力は無駄だった――架空の綱を引っぱる者の努力は。

彼女は人差し指から足指まで踏ん張ってはいたが、もっと高い場所にしがみつき斜面をよじのぼろうとして片手を持ちあげるたびに落ちた。とたんに彼女の体は弛んで惨めなものと化した。次に彼女が頭を持ちあげたとき、その顔には自分の四肢を何とか努力に報いらせようと内心でなされている精神的な労働が見てとれた。歯は嚙みしめられ、あごの先は尖り、体に貼りついた洋服、私服のコート――ユダヤ人の女――の下で肋骨が輪になって突きでていて、くるぶしがぴんと張っている。彼女は改めて雪の積もっている別の岸から這いあがろうとしていた。

彼女の仕草はどれもあまりにのろくあまりに不器用で、明らかに衰弱しきっていたので、身動き一つでさえどうやったらできるのかと不思議になるほどだった。それにその企てに見合わず、何の重さもないはずのその体にも見合わぬ苦労を、どうして彼女が自分に課さなければならないのかは理解しがたかった。

今や彼女の両手は固まった雪の表面にしがみつき、足場のない両足は窪みを、踏み段を探していた。両足が空を蹴った。脚はぼろきれにくるまれていた。それはあまりにかぼそいので、ぼろきれをまとってはいても、案山子《かかし》の脚にするためにくくりつけられ吊るさがっているインゲンマメの支柱を思わせた。脚が空を蹴るときには特に。彼女はまた溝の底に落ちた。道のりを測るかのように彼女は頭の向きを変え、頭上を見あげる。彼女の目に、両手に、引き攣った顔に、錯乱が広がるのがわかる。

「この女たちはみんなどうしてああやって私を見てるの？　何で彼女たちはそこにいるの、何で窮屈に整列してるの、何でそこでじっとしてるの？　私を見てるのに見てないみたい。私が見えてないんだわ、見えてたらあんなふうにじっと立ってられないはずでしょ。私がよじのぼるのを助けてくれるはずでしょ。何で助けてくれないの？　あなたたちはそこに、こんなに近くにいるのに。私を助けて。私を引っぱって。身を屈めて。手を差しのべて。ああ、彼女たちは動かない」。

そして絶望的な訴えの中で、手が私たちのほうに捻じまげられた。その手はまた落ちる――雪の上で萎びた藤色の星。落ちてしまうと痩せこけた手は幾分ふっくらとして見えたが、力が抜けて再び、哀れな生きる物体と化す。肘を突っ張るが滑ってしまう。全身が崩れ落ちる。

その背後、有刺鉄線の彼方には、平原、雪、平原。

私たちはみんなそこにいた、何千もの女たちが朝からずっと雪の中に立っていた——こんなふうに夜を朝と言わなければならない。朝というのは夜の三時のことだったから。そのときまでは夜を照らしていた雪を薄明が照らしだしていた——寒さが増していた。

真夜中からずっと身動きせずにいて私たちの脚はあまりに重くなっていたので、地面や氷の中にはまりこみ、感覚が麻痺していくのをどうすることもできなかった。寒さがこめかみや上あごに突き刺さり、骨がバラバラに砕けて頭蓋骨が弾けちってしまったように思えた。私たちは片足からもう片方の足のほうに跳んだり、かかとを鳴らしたり、手のひらをさすったりすることを諦めた。それはつらすぎる体操だった。

私たちは身動きせずにいた。闘争し抵抗する意志、生は、体の中の縮こまった一部分、ちょうど心臓のすぐ周りのあたりに逃げこんでいた。

私たちはそこに身動きせずにいた、ありとあらゆる言語で話す幾千もの女たちが互いに身を寄せあい、激しく打ちつける吹雪に頭を低くして。

私たちはそこに身動きせずにいた、ただ心臓の鼓動だけに縮小されて。

列を離れたあの女はどこに行くのだろう？　彼女は障害者か盲人のように歩いているが、

この盲人は見つめている。彼女は案山子の足取りで溝のほうに進んでいく。斜面の縁で、溝に下りていくためにしゃがみこんでいる。落ちる。崩れ落ちる雪の上で足が滑ったのだ。何故彼女は溝の中に下りていきたいのか？　彼女は躊躇なく列を外れた。黒いマントと黒いブーツを身に着け背筋を伸ばして私たちを監視しているＳＳの女から身を隠そうともせずに。彼女はまるで他の場所にいるかのように庭園の中にでもいるかのように行ってしまった。ある通りから別の歩道に移動するかのように、庭園の中にでもいるかのように。ここで庭園を思い出すなんてとんだお笑いぐさだ。彼女はさながら、広場で子どもたちをこわがらせる気の触れた老婆の一人。でもそれは若い女、ほとんど年若い少女なのだ。その肩はあまりにかぼそい。

彼女はその溝の窪みにいて、両手で引っかき、両足で探し、頭にのしかかる重力を努力して持ちあげている。その顔は今や私たちのほうを向いている。頬骨は紫色に浮きでて、腫れあがった口は黒ずんだ紫色になって、眼窩《がんか》には深い影が落ちている。彼女の顔は剝きだしにされた絶望の顔だ。

長いこと、彼女は体をまっすぐ安定させるために、言うことを聞かない自分の手足と闘っている。溺れた者のようにもがいている。それから彼女は別の岸に這いあがるために両手を伸ばす。手は掴まる場所を探し、爪は雪を引っかき、全身がびくっと緊張する。そうして力尽きてくずおれる。

私はもう彼女を見ない。もう彼女を見ていたくない。私はもう見ないために場所を変えたいと思う。眼窩の奥のその穴、じっと見据えるその穴をもう見ないために。彼女は何をしたいのか？　電流の通る有刺鉄線に辿りつきたいのか？　何故彼女は私たちをじっと見据えているのか？　彼女の視線の的は私ではないか？　助けを乞うているのは私にではないか？私は頭の向きを変える。他の場所を見ること。他の場所を。

他の場所――私たちの前――そこにあるのは、第二十五ブロックの扉。

立っている、一枚の毛布にくるまれて、子ども、男の子だ。とても小さな丸刈りの頭、あごと眉弓がせりだした顔。裸足で、激しい衝動に突き動かされるかのように、休むことなく飛び跳ねている。そのさまはダンスしている未開の者たちを思わせる。体を温めるためにも両腕を動かしていたいのだ。毛布が外れる。女だ。女の骸骨。彼女は裸だ。肋骨と寛骨が見える。彼女は毛布を肩に引きあげ、ダンスを続ける。機械じかけのダンス。ダンスする女の骸骨。彼女の足は小さく痩せていて、雪の中でも裸足だ。生きた骸骨たちがいて、ダンスしている。

そして今私はカフェにいて、この話を書いている――だってそれは一つの物語になっているから。

雲の晴れ間。午後だろうか。私たちは時間の感覚を失くしてしまった。空が現れる。とても青い。忘れ去られていた青。溝の底の女をもう見ないことに成功してから何時間も経っていた。彼女はまだいるのか？　彼女は斜面の上に達していた――どうやって登れたのだろう？――そして彼女はそこにとどまっていた。その両手は煌めく雪に惹きよせられる。彼女は一握りの雪を摑み、いらいらするほどゆっくりとした身振りで唇に運ぶ。その緩慢な身振りでさえ、彼女に無限の苦痛を強いているに違いない。彼女は雪をすする。私たちは何故彼女が列を離れたのかを、その表情に浮かんでいたある決意を理解する。彼女は腫れた唇を潤すためのきれいな雪が欲しかったのだ。夜明けからずっとそのきれいな雪に魅了され、そこに辿りつきたかった。こちら側の雪は私たちに踏まれて黒ずんでいる。彼女は自分の雪をすするが、もう欲しくなくなったらしい。熱があるとき、雪は渇きを癒してはくれない。一握りの雪を得るためになされたこれまでの努力の全ては、彼女の口の中で一握りの塩になる。手が再び落ち、うなじが折れまがる。折れるほかない、かよわい茎。背中が丸まり、コートの薄い生地から肩甲骨が浮きでる。黄色いコートだ、私たちの犬のフラックのような黄色。彼は病気のあとにがりがりに痩せほそり、死の間際には博物館にある鳥の骨格標本のように全身が丸まっていた。女は死にかけている。

　彼女は私たちをもう見ない。雪の中に横たわり、体を縮ませる。脊柱《せきちゅう》をたわませて、フラックは死にかけている――私が初めて見た死にゆく存在。[8]ママ、フラックが庭の門の前にいるの。完全に縮こまっちゃった。震えてる。アンドレが死にかけてるなんて言うのよ。

「立ちあがらなきゃ、立ちあがらなきゃ。歩かなきゃ。もっと闘わなきゃ。彼女たちは私を助けてくれないの？　助けてよ、ねえ、あなたたちみんな手ぶらでそこにいるんでしょ」

ママ、早く来て、フラックが死にかけてるの。

「何で彼女たちが私を助けないかわかったわ。彼女たちは死んでるのよ。死んでる。ああ！もたれあって立ってるから生きてるように見えるけど。彼女たちは死んでる。私は死にたくない」。

彼女の手はもう一度、叫ぶように動く——が彼女は叫ばない。もし叫べたなら、彼女は何語で叫ぶだろう？

彼女のほうに進みでる一人の死んだ女がいる。縞模様の服を着たマネキン。二歩で死者は彼女に追いつき、片腕で彼女を引っぱり、私たちの側に引きずってきて彼女を元の列に戻そうとする。ＳＳの女の黒いマントが近づいてきた。死者が私たちのほうに引きずってきたのは、人というよりはむしろ黄色い汚れた袋で、まだそこにある。数時間。私たちに何ができる？　彼女は死にかけている。フラックが、そう、がりがりに痩せほそった私たちの黄色い犬が死にかけている。また数時間。

突然、雪のぬかるみの中で黄色いコートの膨らみに痙攣が走る。あの女が立ちあがろうとしている。耐えがたいほどゆっくりとした動きで身をよじらせている。彼女は膝をつき、私たちを見つめる。私たちの誰も身じろぎもしない。彼女は両手で地面を押す——その体は死にかけたフラックの体のように弓なりに曲がり、痩せこけている。彼女は体を起こすことに成功する。ふらつき、摑まる場所を探している。何もない。彼女は歩く。何もないところを歩く。あまりに体が折れまがっているので、どうやったら彼女が倒れずにいられるのか不思議になるほどだ。倒れない。彼女は歩いている。ふらついてはいても前に進んでいる。それに彼女の顔面の骨はぎょっとさせるほどの意志を表している。彼女が私たちの列の手前の何もない空間を横切っていくのが見える。彼女はこれ以上どこに行こうとしているのか？

「何であなたたちは私が歩いてることに驚いてるのよ？　彼が私を呼んだの聞こえなかった？　彼よ、門の前で犬と一緒にいるＳＳの男。あなたたちは死んでるから聞こえなかったのね」。

黒いマントのＳＳの女は去っていた。今、門の前にいるのは緑の軍服のＳＳの男だ。女は前に進む。まるで本当に命令に服従しているかのようだ。ＳＳの正面で彼女は立ち止まる。その背中は戦慄に震え、丸まった背中には黄色いコートごしに肩甲骨が突きでている。ＳＳは犬を従えている。彼は犬に命令し、合図したのだろうか？　犬が女に跳びかかる――唸りもせず、息もつかず、吠えもしないで。夢の中のように静かだ。犬は女に跳びかかり、彼女ののど元に牙を突きたてる。そして私たちはといえば身動きせず、ほんの身じろぎさえできなくするネバネバしたものに絡めとられている――夢の中のように。女が呻く。引きちぎられる呻き声。平原の静止を切り裂く、唯一の呻き声。私たちにはわからなくなる。それは彼女の呻き声なのか、私たちの呻き声なのか、彼女ののどが裂かれる音なのか、私たちののどが裂かれる音なのか。私は犬が私自身ののどを嚙みくだく音を聞いている。私は呻く。

私は唸る。どんな音も私の口からは出てこない。夢の中の沈黙。

平原。雪。平原。

女がくずおれる。一度だけビクッと動いて、それで終わりだ。不意に何かが壊れる。雪のぬかるみに落ちた頭は、もはや断端《だんたん》【9】でしかない。目は汚い傷口になる。

「あの死んだ女たちは誰ももう私を見ないのね」。ママ、フラックは死んだ。長いこと瀕死の苦しみに喘いだ。それから玄関前の階段まで体を引きずっていった。ぜいぜいとのどがつかえて死んだ。絞め殺されたみたいだった。

ＳＳが鎖を引く。犬が離れる。その口にはわずかに血が付いている。ＳＳは口笛を吹いて立ち去る。

第二十五ブロックの扉の前では、裸足と丸刈りの頭にかけられた毛布が休みなく跳ねまわっていた。夜が来る。

そして私たちは雪の中に立ち尽くしている。静止した平原で身じろぎもせずに。

そして今私はカフェにいて、これを書いている。

マリー

彼女の父親、母親、兄弟姉妹は、到着時にガスで殺されていた。

両親は老いすぎていたし、子どもたちは幼なすぎた。

マリーは言う。「愛らしかったのよ、私の妹は。どれだけ愛らしかったか、あんたたちには想像もできないでしょうね。

彼らは妹を見なかったはずよ。

もし見てたなら殺さなかったはずだから。

殺せなかったはずだから」。

翌日

夜からずっと点呼が続き、今ではもう日が昇っている。夜は冷たく澄んでいた、氷結が砕ける音――星々に流れこんだこの溶けた氷。日の光は冷たく澄んでいる、耐えがたいほどに冷たく澄みきっている。ホイッスル。隊列が動く。その波動が私たちにまで伝わる。知らないうちに、私たちはきびすを返している。知らないうちに動いてもいる。進んでいる。あまりにもかじかんでいるので、自分たちが一つの部品となって進む氷のかけらだとしか思えない。私たちの両脚は私たちのものではないかのように進んでいく。隊列の前のほうが門を越える。両側には犬を引き連れたＳＳたち。彼らは軍用外套に身をくるみ、頭から首まで防寒帽を引きかぶってマフラーで鼻を覆っている。犬たちも白い輪の上にＳＳという黒い二文字がついた犬用のコートを着ている。軍旗で作られたコート。隊列が縦に伸びる。門を越えるためには体を固くして互いに距離を置かなければならない。門を越えたら家畜がするように再び身を寄せあうが、あまりに寒さが強烈なのでもう寒いとも感じない。私たちの前では平原が輝いている――海。私たちは付いていく。隊列は道路を横切り、海のほうにまっすぐ行進する。無言で。ゆっくりと。私たちはどこに行くのだろう。私たちは輝く平原を進む。寒さに硬直した光の中に進む。SSたちが怒鳴る。彼らが何を怒鳴っているのか私たちには理解できない。隊列が海の底に、さらにもっと先にある氷の光の中に沈んでいく。SSたちは繰り返し私たちに命令を下す。私たちは進む、雪に目がくらむ。そしてこのまばゆい平原の片隅で、私たちは突如として恐怖に、めまいに襲われる。彼らは何をしたいのか？　私たちに何をしようとしているのか？　彼らは怒鳴る。駆けより、武器を打ち鳴らす。彼らは私たちに何をしようというのか？

　そのとき隊列が方陣に編成される。縦横十列ずつ。次から次へと編成される方陣。輝く雪の上に灰色の格子模様。最後の隊列。最後の方陣が停止する。雪の上に格子模様の縁どりをくっきりとさせるための怒鳴り声。SSたちは角を見張っている。彼らは何をしたいのか？馬に乗った一人の将校が通りすぎる。彼は一万五千人の女たちによって雪の上に描かれた完璧な方陣を眺めている。満足して手綱の向きを変える。怒鳴り声がやむ。見張りが方陣の周りを行ったり来たりしはじめる。我に返った私たちは相変わらず呼吸している。私たちは寒さを吸いこんでいる。私たちの向こうには、平原。

　反射光に照らされて雪が輝く。光線はなく光だけがある。あらゆるものを鋭利な角を持ったものに変えてしまう、厳しい氷河の光。空は青い、厳しい氷河の空。それは氷の中に閉じこめられた植物を思わせる。氷が海底の植物まで凍てつかせることがあるとすれば北極に違いない。私たちは厳しく身を切るようなひとかたまりの氷の中に、ひとかたまりの水晶と同じくらい透きとおった氷の中に閉じこめられている。そしてこの水晶には、光が氷の中に閉じこめられたかのように、氷が光そのものになってしまったかのように光が突き抜けている。ひとかたまりの氷の内部にいる私たちが身動きできると気づくまで長いことかかる。靴の中で両足を動かし、靴底を叩こうとする。一万五千人の女が足を踏み鳴らしているのに物音一つしない。沈黙が寒さに凍りついている。光が静止している。私たちは時間の廃止された環境にいる。私たちには自分が存在しているのかどうかわからない、ただただ氷と光とまばゆい雪、そして私たち、この氷の中に、この光の中に、この沈黙の中に。

私たちは身動きできないままでいる。朝が流れていく──時間から時間の外へ。格子模様の縁どりはもうそれほどくっきりとしていない。列が崩れる。何人かの女たちは歩いて自分の場所に戻る。雪が輝く、果てしなく、何の影も落とさずに広がっている。電柱やほとんど雪に埋もれたバラックの屋根がペンで描かれた有刺鉄線とともに、その鋭い先端をくっきりと浮かびあがらせている。彼らは私たちに何をしたいのか。

時が流れても光は変わらない。光は厳しく凍てつき固まったままで、空もまた青く厳しい。氷が肩を締めつける。重くなり私たちを押しつぶす。さっきより凍えているからではなく、どんどん無気力になりどんどん無感覚になるからだ。ひとかたまりの水晶の中に閉じこめられ──この水晶の彼方で、遠い記憶の中で、私たちは生者を見ている。ヴィヴァが言う。

「もうウィンタースポーツはこりごりよ」。おかしなことだ、彼女が雪を見て、死ぬほど過酷な要素や人間本性に外れた未曽有のもの以外を連想できるなんて。

私たちの足下で、一人の女が雪の中ぎこちなく座っている。みんな彼女にこう言いたいのを我慢している。「雪の中で座っちゃだめ、風邪引くわよ」。それは記憶やかつての考え方からくる反射のようなものだ。彼女は雪の中に座って、ある場所を掘っている。子どもの頃に本で読んだことを思い出す、死ぬために自分の寝床を掘る動物たちのことを。その女はせっせと細かく正確に動き、身を横たえる。雪の中の顔、それはやさしく呻く。両手が弛緩する。彼女は静かになる。

私たちは理解することなく見つめた。

光は今も動かず、痛いほど冷たい。それは死んだ星の光だ。そして無限にまばゆい凍てつく満天は、死んだ惑星のものなのだ。

氷の中に閉じこめられて身動きできず、無気力で無感覚になった私たちは、生きた感覚の全てを失ってしまった。誰も「お腹が空いた。のどが渇いた。寒い」とは言わない。もう一つの世界から連れてこられて、私たちは突然、氷の中で、光の中で、沈黙の中で、別のいのちを呼吸することに、生きたまま死ぬことに同意させられている。

不意に、有刺鉄線に沿った道路上に一台のトラックが現れる。トラックは雪の中を走る。音も立てずに。屋根の付いていないトラックで、本来なら砂利を運ぶために使われるべきものだ。トラックは女たちを積んでいる。彼女たちは立っている、剝きだしの頭で。男の子のように丸刈りにされた小さな頭、痩せた頭がぎゅうぎゅう詰めにされている。トラックはこれらの頭全てを乗せて、静かに走る。頭の輪郭が昼間の青さを背景にくっきりと浮かびあがる。鮮明な亡霊のように、有刺鉄線に沿って滑る一台の静かなトラック。空にはいくつもの顔の装飾帯《フリーズ》【10】。

女たちが私たちの近くを通りすぎる。叫んでいる。彼女たちは叫んでいるのに、私たちには何も聞こえない。もし私たちが何の変哲もない地球の真ん中にいたとしたら、この冷たく乾いた空気が声を運んでくれたに違いない。でも彼女たちが私たちに向かっていくら叫んでも、どんな音も届かない。彼女たちの口は叫び、私たちに向かって伸ばされた腕が叫び、彼女たちの全てが叫んでいる。それぞれの体が一つの叫びと化している。どの松明《たいまつ》も恐怖の叫びとなって燃えあがり、この叫び声の一つ一つが女たちの体を占拠していた。一人一人が具体的に何かを叫び、喚いている——聞こえない。トラックは雪の上を静かに走り、表門の下を通って消える。トラックは叫び声を運び去る。

一台目と全く同じもう一台のトラックが女たちを同じように積んでくる、叫んでいる、聞こえない、トラックは滑り、今度も表門の下に消える。続いて三台目。今度は私たちが叫ぶ番だ、私たちを閉じこめている氷が伝えてくれない叫び——あるいは私たちのほうがそこで雷にでも打たれたのだろうか？

トラックの荷台では死者たちと生者たちが混じりあっている。死者たちは裸で山積みにされている。そして生者たちは死者たちに触れないように努力している。でもでこぼこ道で車が揺れるたび、荷台の側壁からはみだしている硬直した腕や脚にしがみついて身を支えることになる。生者たちは恐怖に硬直している。恐怖と嫌悪に。彼女たちは喚いている。私たちには何も聞こえない。トラックは静かに雪の上を滑る。

私たちは叫びだす目で見つめている、信じることのできぬ目で。

一つ一つの顔が氷の光に照らされて空の青の上に正確に描かれる、永遠にそこに刻みこまれるほどに。

永遠に——ぎっしりと詰めこまれた丸刈りの頭、叫び声が炸裂する頭、聞こえない叫び声に歪んだ口、無言の叫びの中でジタバタする手。

喚き声が空の青の上に書きこまれたまま残っている。

それは第二十五ブロックが空っぽにされた日だった。死を宣告された女たちはガス室行きのトラックに詰めこまれた。最後の者たちは、まず焼却用の死体をトラックに積んだあと、今度は自分たちがそこに乗っていかなければならなかった。

死者たちがすぐさま焼却炉に投げ入れられたので、私たちはこう自問した。

「最後のトラックの女たち、死者たちに混じっていた生者たちはガス室を通っていったのか、あるいは荷台ごと猛火の中に直接放りこまれたのか?」

彼女たちが喚きたてていたのは、彼女たちが知っていたからだった。でも、彼女たちののどの声帯は壊れていた。

そして私たちはといえば、氷の壁に、光と沈黙の壁に閉ざされていた。

同じ日

私たちは寒さのあまり彫像と化し、凍りついた地面に溶接された両脚というこの氷の台座の上で棒立ちになっていた。どんな身振りも消えていた。鼻を引っかき両手に息を吹きかけるのは空想上のことで、鼻を引っかき両手に息を吹きかける幽霊がいるみたいだった。誰かが言う。「私たちを帰らせようとしてるんだわ」。でも、私たちには答えるべき言葉が何もない。意識も感覚も失っていた。自分自身に対する感覚が死に絶えていた。「私たちを帰らせるのよ。前のほうの方陣が整列してる」。それから命令が全ての方陣に伝わった。五列縦隊が再編成された。氷の城壁が広がった。最初の隊列が道路に達した。

私たちは転ばないように身を支えあっていた。それなのに自分たちが努力している気はしなかった。体が私たちの外を歩いていた。取り憑かれ、引き剝がされて。抽象的な女たち。私たちは何も感じなかった。凍りついた関節がかろうじて動く範囲で、縮こまって歩いた。話もせずに。収容所に帰るのだ。昨夜からずっと動かないままでいた私たちは、その状態から抜けだせるなどということを予想もしていなかった。

私たちは帰宅の途にあった。容赦ない光は和らいでいた。おそらくはこれが夕暮れどきというやつだ。たぶん全てが目の中で霞んで見えてもいたのだ、つい先ほどまであれほど鮮明に見えていた有刺鉄線や光輝く雪、今では下痢の染みをつけている雪。汚い水たまり。一日の終わり。水たまりの中、死んだ女たちが雪を埋め尽くしている。何度も死体を跨ぎ越さなければならなかった。彼女たちは私たちにとってありふれた障害物になっていた。何であれ、これ以上感じるということが私たちにはもうできなくなっていた。私たちは歩いていた。自動機械が歩いていた。冷たい彫像が歩いていた。疲れはてた女たちが歩いていた。

私たちが進んでいると、前の列を歩くジョゼが振り向いて言う。「門に着いたら走らなきゃいけないわ、みんなに伝えて」。彼女は私が聞いていないと思ったらしく、もう一度繰り返す。「走らなきゃいけないのよ」。この指示が伝えられても私たちの中にはそれを実行しようという意志は少しも湧きおこらず、自分たちが走っているイメージも全く湧かなかった。まるで「雨が降ったら傘を差しなさい」と言われたようだった。それくらい突拍子もない。

前の人たちがどっと散りはじめ、私たちは門の前にいることに気づく。みんな走りはじめた。彼女たちは走る。言うことを聞かない木靴やどた靴があちこちに飛んでいくが、彼女たちは全く気にしない。彼女たちは走る。氷の彫像からするとグロテスクに違いない混乱の中、彼女たちは走る。私たちの番が来て門に到着すると、私たちも走りはじめる、目の前をまっすぐに、決断することも意志することもなく決まっていて、息の尽きるまで走りはじめる。

そうなると私たちにはもう何もグロテスクではない。私たちは走る。何に向かって？　何故？　私たちは走る。

　走らなければならない理由をあらかじめ理解していたのかどうか、私にはわからない。門の両側には収容所通り《ラーゲルシュトラーセ》に沿って、収容所じゅうのスカートを穿いたＳＳたちと、腕章をつけありとあらゆる色と階級の作業着を着た女囚たちが二重の人垣をなし、その全員がステッキや棍棒、革の鞭やベルト、牛の神経で作られた鞭で武装し、殻竿《からざお》で穀物を打つように、二重の人垣のあいだを通過する者全てを殴打しているから走らなければならないのだと理解していたかどうかわからない。振りおろされる棍棒を避ければ、とたんに振りおろされる鞭の手に落ちた。殴打は頭にうなじに雨あられと降った。さらに復讐の女神たち《フリアエ》[11]がどやしつけた。シュネラー！　シュネラー！　もっと早く、もっと早く、もっと早く竿で打たれ、もっとずっと早くこの穀物の粒は捌《は》けて、駆け、駆けた。いのちに関わるから走らなければならないとあらかじめ理解していたかどうか、私にはわからない。私は走っていた。そして不条理に抵抗しようという発想は誰にもなかった。私たちは走っていた。走っていた。

　自分があとになって全てのシーンを再構成したのか、あるいは、即座に私自身が全てのシーンの全体を一つの視点で捉えたのか、私にはわからない。でも印象でいえば、全てを見、全てを把握し、全てを切り抜けるために、とても鋭敏で注意深い能力を授けられたような感じだった。私は走っていた。

それは常軌を逸したレースで、通い慣れた岬から眺めでもしなければ、これら全てがどれほど気違いじみていたかわからなかっただろう。だがこの光景を外から眺めるなどということは誰の想像にも及ばないことだった。私たちは走っていた。もっと早く《シュネラー》、もっと早く《シュネラー》。私たちは走っていた。

　収容所の奥に到着して息を切らせていると、誰かがこう言うのが聞こえてくる。「今すぐブロックに。早く。ブロックに帰って」。目が覚めて最初に聞く人間の声。私は落ち着きを取り戻し、周りを見まわす。仲間たちとはぐれてしまっていた。続いて他の女たちが押しよせ、正気に返った。「ああ、そこにいたのね？　で、マリーは？　ジルベルトは？」

　私は歪んだ頭、髪を振り乱した復讐の女神《フリアエ》たちの真っ赤[12]な頭が次々現れる幻覚から抜けだす。シュネラー、シュネラー。そうだ、あのドレクスラーが、私の隣にいた一人の女を曲がったステッキで引っかけていた。誰？　あれは誰だった？　思い出せない、にもかかわらず彼女の顔が、背後から襟を締めあげられ急に動かなくなったその表情が目にこびりついていた。ステッキを引きよせたドレクスラーは女を落とし、傍らに放りだした。それで、あれは誰だった？　この狂った逃走の中で狂気を見ることができるのは外からの傍観者だけだったはずだ。というのも私たちはすぐさま幻想に打ちのめされ、常軌を逸した出来事を前にしたときの正常な人の反応を忘れてしまっていたからだ。

「ブロックに帰って。ここよ。ここから」。最初に正気を取り戻した女たちが、他の女たちを誘導する。私は声に導かれて暗がりに入る。「ここを通って。そこよ。いいわ。よじのぼって」。そして私たちの寝床によじのぼるために、私は板にしがみつく。

「何してたの？　私たちの中でいないのはもうあんただけだったから心配してたとこだったのよ」。何人かの手が私を持ちあげる。「誰と一緒にいたの？」――「私とよ、私たち一緒にいたの」、イヴォンヌ・Bが言う。彼女は片時も私のそばを離れずにいたのに、私には彼女が目に入らなかった。

「あんたたちエレーヌを見た？」

「エレーヌ？」

「そうよ、地面に倒れこんでアリス・ヴィテルボに手を貸してたのよ」

「アリスは捕まったわ」

「エレーヌは彼女を運ぼうとしてたけどアリスはもう立ちあがれなかった」

「それでエレーヌは彼女を置いてった」

エレーヌが到着した。「逃げられたのね？」

「誰かが私を引っぱりだしたの。『彼女を置いてくの、彼女を置いてくの』って叫びながら引っぱった。私はまた走りはじめた。アリスを見捨てなきゃならなかった。彼女を迎えにいけない？」

「無理よ。ブロックから出ちゃだめ」

一人ずつ女たちが戻ってくる。茫然として。疲れはてて。順々に、私たちは人数を数える。

「ヴィヴァ、あんたたちはみんないる？　あんたたちのグループ」

「いるわ、八人全員」

「隣は？　あんたたちはみんないる？」

「いないわ。ブラバンデルさんがいない」

「他にいないのは誰？」

「ヴァン・デル・リーさんよ」

「マリーはここよ」

「イヴォンヌおばあさんは？」

私たちは年長者や病人、弱っていた人たちの名前を挙げていく。

「私はここにいるわ」、聞きとれないほど小さな声でイヴォンヌおばあさんが答える。

私たちは数えなおす。いないのは十四人だ。

私はブラバンデルさんがあのドレクスラーにステッキで捕まえられたのを見たのだ。彼女は娘に言った。「逃げて。走って。私を置いてきなさい」。

私は走った、何も見ないで走った。私は走った、何も考えないで走った、危険があるということはわからなかったが、曖昧ながら生々しい一つの考えだけがあった。シュネラー、シュネラー。一度自分の靴を見て紐が解けているのが見えたが、立ち止まらず走りつづけた。

私を打ちのめす棍棒やベルトの衝撃を感じることもなく走っていた。それから私は笑いたくなった。というよりむしろ、笑いたくなっている私の分身を見たのだった。私の従兄弟は、首を切られてもまだ歩いている鴨を見たことがあると断言していた。この鴨は走りはじめた、走りはじめたのだ、頭は後ろに落ちているのに振り返って見ることもせず、一羽の鴨とは到底思えぬ姿で走っていた、自分の靴を眺めながら残りのものなど意にも介さず、今や頭は落ちてしまったからこわいものなどもう何もないのだった。

私たちは待っている、いない者たちが戻って、また会えるようにと願いながら。彼女たちは戻らない。待っているあいだ、その心配をほとんど口にすることもできない。そこで私たちは第二の天性を身に帯びる。私たちは今や、起こったことを振り返ることができる。

「わかるでしょ、彼女たちは若い女たちしか通さなかったのよ。ちゃんと走れる人しか。そうじゃない人たちはみんな捕まった」

「アリスを何とかして運びたかった。ありったけの力を振りしぼって抱えたのに」

「ブラバンデルさんはしっかり走ってた」

それから姉妹の一人がもう一人に言う。「もしまた同じことがあったら私にかまっちゃだめ。逃げるのよ。自分のことだけ考えて。約束してくれない？　誓って？」

「聞いて、エレーヌ。アリスはあの脚じゃどっちにしろもたなかった」

「彼らはポーランド人もたくさん捕まえたわ」

「顔に皺があったから老けて見えたのよ、ブラバンデルさんは」。

もうすでに彼女たちのことは過去形で語られている。

ブラバンデルさんの娘は自分の屋根裏部屋にいて、もう何にも動じない者たちと同じ目をしている。

私は、どうやったら頭を切り落とされた鴨が走れるのか自問している。両脚は寒さで麻痺している。

彼らはこれから彼女たちをどうするのだろう?


スロヴァキア人女子ブロック長のマグダが静かにするようにと命じて何か言い、マリー＝クロードが通訳する。「ボランティアが必要なの。長くはかからない。一番若い子たち」。私たちの腕や脚は、これ以上どんな些細な努力を課すことも不可能に思える。私たちのグループのために手を挙げたのはセシルだ。「私が行くわ」と彼女は靴を履く。「何が起こってるのか、行かなきゃわからないもの」。

帰ってきたとき彼女は歯をガタガタと鳴らしていた。文字どおり、カスタネットの鳴る音で。彼女は凍りついていた。そして泣いていた。私たちは彼女の体を温めるためにさすり、私たちにも伝染するこの震えを止めようとした。それから子どもに何かを尋ねるときのように馬鹿げた言葉で、彼女に何があったのか尋ねた。「野外に残った死体を集めるためだったの。彼女たちを第二十五ブロックの前に運ばなきゃならなかった。まだ生きてる人が一人いて、命乞いして私たちにしがみついた。私たちだって彼女を連れだしてあげたかったけど誰かが叫んだの。『逃げな、逃げな！　第二十五ブロックの前で止まっちゃだめ。タウベ[13]が来て、あんたたちをそこに投げこむわよ。逃げなさい！』私たちの仲間はもうそこにいたのよ、ついさっき捕まった人たちが。なのに私たちは置き去りにして走ったの。死にかけた女が私のくるぶしにしがみついてた」。

十四人全員が死んだ。アントワネットはガス室に送られたと言われた。ずいぶん長いこと生きている女たちもいた。ヴァン・デル・リーさんは気が狂ってしまったように見えた。死ぬまでに一番時間がかかったのはアリスだった。

アリスの脚

ある朝、点呼の前に、第二十五ブロックの裏のトイレに行った年若いシモーヌがぶるぶる震えて戻ってくる。「あそこにアリスの脚があるの。見にきて」。

第二十五ブロックの裏には死体置き場になっている板張りのバラックがあり、医務室《レヴィル》から出た死体が積みあげられていた。積み重ねられた死体は焼却炉に運んでくれるトラックを待っていた。ネズミが死体を貪り食っていた。扉のない入り口からは、山積みにされた裸の死体と、現れては消えるネズミたちのぎらついた目が見えた。死体が多すぎるときには外に積み重ねられているのだった。

それはきれいに積まれた死体のわら塚で、夜には月明かりと雪の中で、本当のわら塚のように見える。でも私たちはそれを見てもこわがりはしない。私たちはここで我慢の限界に達していることをわかっていながら、諦めまいと抵抗している。

雪の上に横たわったアリスの脚は生きて、感覚を備えていた。死んだアリスから脚だけが解き放たれていたに違いない。

私たちはわざわざアリスの脚がまだそこにあるか見にいき、そのたびごとに耐えがたい思いをした。見捨てられ、雪の中で死んだアリス。気弱さによってその場に釘づけにされたせいで私たちが近づくことのできなかったアリス。独りで死に、誰の名を呼ぶこともなかったアリス。

何週間も前からアリスは死んでいたのに、アリスの義足は雪の上にまだ横たわっていた。その後、新たに雪が降った。脚は雪に覆われた。そしてまた泥の中から姿を現した。泥に埋もれたその脚。泥に埋もれ——生きたまま切断された——アリスの脚。

私たちは長いあいだその脚を見ていた。ある日、脚はもうなくなっていた。誰かが焼却するために持っていったに違いなかった。きっとジプシーの女だ、他には誰もそんな勇気のある者はいなかったはずだから。

ステニア

今夜は誰も寝つくことができない。

風が喘ぎ、ひゅうひゅうと鳴って、呻く。それは沼地から上がる呻き声、込みあげる嗚咽《おえつ》、込みあげ爆発しては、わななく沈黙のうちで治まり、また込みあげる別の嗚咽、込みあげ爆発し広がっていく嗚咽。

誰も寝つくことができない。

そして沈黙の中、風の嗚咽の合間に、ぜいぜいと喘ぐ声。最初は押し殺され、次にはっきりと聞こえ、次に高まり、あまりにも声が大きいので、どこから声がするのか特定しようとする耳には、風が襲いかかるときにもまだその声が聞こえている。

誰も寝つくことができない。

女子ブロック長《ブローコーヴァ》のステニアも寝つくことができない。彼女は自分の寝室、ブロックの入り口の片隅にある小部屋から出る。彼女のロウソクが、私たちの寝る三段ベッドに挟まれた通路の暗がりを掘りすすむ。ステニアは竜巻が消え失せるのを待って、沈黙の中ぜいぜいと高まる喘ぎ声に怒鳴る。「うるさいのは誰だ？　黙れ！」ぜいぜいと喘ぐ声は続く。ステニアは怒鳴る。「黙れ！」だが瀕死の苦しみに喘ぐ者には聞こえない。「黙れ！」喘鳴《ぜんめい》は、うねる風の合間で沈黙をことごとく埋め、夜の漆黒全体を埋め尽くす。

ステニアはロウソクを掲げ、ぜいぜい音がするほうに進んでいき、死にかけている女を特定し、ベッドから下ろすよう命じる。死にかけた女の仲間たちはステニアに鞭打たれて彼女を外に運ぶ。彼女たちはできるだけやさしく死にゆく者を壁沿いに寝かせ、再び寝に戻る。

ステニアの灯りが遠ざかり、消える。激しく吹きつける風雨が、屋根を壊してしまいそうなほどに叩きつける。

バラックの中では誰も寝つくことができない。

とある平原
沼地に覆われた
トロッコに
トロッコのための砂利に
沼地のためのスコップと鋤《すき》に覆われた
とある平原
男たちと女たちに覆われた
鋤　トロッコ　沼地のための男女に覆われた
とある平原
寒さと熱の
男たちと女たちのための
闘う男女のための

瀕死の苦しみに喘ぐ男女のための

昼間

沼地。沼地に覆われた平原。果てしない沼地。果てしなく凍てつく平原。

私たちが注意を向けるのは自分たちの足だけだ。列になって歩くことはある種の強迫の種となる。ずっと自分の前を行く足ばかり見ている。あなたたちには前に進む足がある、重たげにあなたたちの前を進む、逃げているのにどうしても追いつけないこの足、常にあなたたちの足の先を行くこの足――常に、足踏みする悪夢を見る夜でさえ――最前列にいてもなお目線の先であなたたちに付きまとって離れないこの足、引きずられつまずき進むこの足。不揃いに足音を鳴らし、不規則に歩みを進めるこの足。それにもしあなたたちが靴を盗まれたせいで裸足になってしまった女の後ろにいたら、雨氷や泥の中を裸足で歩くこの足、雪の中を裸足で歩くこの足、もう目にするのも嫌なほど痛めつけられたこの足、ぶつかるんじゃないかとこわくなるその憐れな足は、気分が悪くなるほどにあなたたちを責めさいなむ。時折木靴が片足から離れ、あなたたちの前で座礁し、夏の蠅みたいにうっとうしいものになる。あなたたちがこの木靴のために立ち止まるまでもなく、他の人が身を屈めて脱げた木靴を拾ってくれる。歩かなければならない。あなたたちは歩く。そして路肩で列の外に弾かれた脱落者を追い越す。彼女は自分の場所に追いつこうとして走るが、もう仲間たちの姿を見つけだすことはできず今や人波に呑みこまれてしまい、目で仲間たちの足を探している、どた靴で仲間がわかるから。あなたたちは歩く。スケートリンクみたいに滑りやすい道路や、泥がまとわりつく道路を歩く。靴底が貼りつく赤い粘土状の泥。あなたたちは歩く。霧に沈んだ沼地のほうに歩く。何も見ないで歩く、前を歩く足に目を釘づけにされて。あなたたちは歩く。沼地に覆われた平原の中へ歩く。地平線まで続く沼地。境のない平原、凍てつく平原の中へ。あなたたちは歩く。

私たちは日が昇ってからずっと歩いている。

冷気がいっそう骨にまで浸透し、いっそう露骨になる瞬間がある。空が明るくなる。日が昇るのだ。それが昼間と呼ばれる。

私たちは出発するために昼間を待っていたのだった。来る日も来る日も、私たちは出発するために昼間を待っていた。明るくなるまで、監視塔の見張りが逃亡者を射殺できるほどの明るさになるまでは出発できなかった。逃げるという考えは誰の頭にもなかった。逃げたいと思えるには強くなければならない。自分の筋肉と感覚の全てをあてにすることができなければならない。誰も逃げようなどとは思いもしなかった。

日が昇っていた。隊列が編成された。私たちはどの隊列に送られてもかまわなかった。たった一つ気をつけるべきことは離れないこと、だから私たちは互いに距離を詰めていた。

隊列が編成されたあとは、また長いこと待たされた。何千人もの女たちが五人ずつ通路で数えられ外に出るにはずいぶんかかった。門を越えるときには緊張が走った。ドレクスラーとタウベの目、あまたの視察者たちの目の下を通るときに。どの目もきちんと閉まっていない襟や外れたボタン、だらしなくぶらさがった腕や読みにくい数字を見逃さない。検問バラックの前で、ＳＳの女が各列の先頭の女にステッキで触れ、数を数えていた。十五《フュンフツェン》、二十《ツヴァンツィヒ》、百まで、労働部隊《コマンド》の規模によっては二百まで。この労働部隊《コマンド》がさばけると、それぞれ一匹の犬の手綱を引いた二人のＳＳが行進の最後尾に着いた。鎖を鎖に繋ぐように、収容所は自らの夜の臓腑を白日のもとにさらけだしていった。

私たちは右か左に曲がることになっていた。右なら沼地に。左なら解体する家や、積んだり押したりするトロッコのほうに。何週間も私は右に行きたいと望んできた。飲み水を汲むことのできる小川を通る道だからだ。何週間も私は渇きに喘いでいた。私たちが最もよく行く方角は沼地の方角だった。

道路のほうに出た。拘束は緩まっていた。助けあって歩くために腕を取りあったり、襟を持ちあげたり、袖の中に手を入れたりすることができた。隊列は道路上で縦に延びていた。

今日の道路は氷に覆われ、鏡のように艶々している。こんな氷の上では足が滑る。転ぶ。隊列は行進する。脚が腫れすぎてもう前には進めなくなり、ほとんど運んであげなければいけない女たちがいる。隊列はまだ行進している。風向きが変わるのでおそれられている別の曲がり角に来る。顔面に吹きつけるのは身を切るような凍てつく風だ。霧が出てくると沼地に近づいたのだとわかる。何も見えない霧の中へと歩く。何も見えない。果てしない沼地、霧に沈む平原。凍てつく綿に覆われた平原。

私たちは道路を行く。足だけに注意して歩く。夜も明けるか明けないかのうちからずっと、私たちは歩いている。

私たちは歩く。

スピードを緩めると、最後尾のＳＳたちが犬をけしかけてくる。

私たちは歩く。

凍てつく平原の中へ、私たちは歩く。

沼地のほとりで隊列が止まる。仕事を命じる下士官の女たちはそれぞれ自分の組を数える。十五《フュンフツェン》、二十《ツヴァンツィヒ》、四十《フィルツィヒ》。動いてはいけない。彼女たちはまた数える。三十《ドライスィヒ》、五十《フュンフツィヒ》。動かないこと。数えなおす。それから彼女たちは、霧の中ぼんやりと光る道具の山の前に私たちを連れていく。私たちは鋤を手に取る。隣には積みあげられた木箱《トラーグ》がある。かわいそうに、出遅れて鋤を取り損ねることになる女たち。

道具を手に、私たちは沼地に下りていく。沼地のさらに濃い霧の中にはまりこんでいく。前は何も見えない。私たちは穴や溝の中に滑り落ちる。ＳＳたちが唸る。ブーツを履いてしっかりと足場を確保した彼らは、行ったり来たりして走らせる。労働区画の範囲を定めているのだ。前日に鋤で耕した区画にまた取りかからなければならない。一列に並ぶと先のほうの列は霧の中に紛れて見えなくなり、どれもまるで虫けら、哀れで無防備な虫けらのようなシルエットをなしている。女たちはそこで自分の位置につき身を屈める。全員が唸る。ＳＳや女性指示者《アンヴァイゼリン》やカポたちは。鋤を氷に突き刺し、地面に挑みかかって土くれを掘りだし、鋤で形作られた畝の端に二人の女が設置した木箱の中に放りこまなければならない。木箱がいっぱいになると、女たちはまた出発する。彼女たちは痛みに呻きながら歩く、積荷に引きちぎられる肩。彼女たちはつまずき転びながら土くれの山をよじのぼり、その上に木箱の中身をぶちまけにいく。運搬作業の女たちは、ふらつき、体勢を立てなおしては重荷の下で体を曲げ、山の頂に木箱をひっくり返し、採掘作業の女たちの前に戻るという、絶えまないロンドを続ける。こうして駆けずりまわっているあいだじゅう、棍棒でうなじを叩かれ、乗馬鞭でこめかみを打たれ、革の鞭で腰を打たれる。唸り声。唸り声。見えない沼地の果てにまで轟く唸り声。唸っているのは虫けらではない。虫けらはしゃべることができない。

　採掘作業の女たちは後ろから叩かれる。叩くのは復讐の女神《フリアエ》の三姉妹で、行きつ戻りつしては通りがかりにあらゆるものに鞭を振るい、片時も休むことなく怒鳴り、常に同じ文句でどやしつけ、その理解できない言語で同じ呪詛の言葉を繰り返し、順番に力まかせに、特に同じ者たちを好んで打ちのめす。目をつけられたのは、ある女の場合には体が小さいせいで鋤で作業するのがあまりにつらそうだったからで、またある女の場合には体が大きいせいで態度が大きいとみなされたから、別の女の場合には霜焼けで手が血だらけだったからだった。SSたちが離れたところで枯れ木に火をつけた。焚火で体を暖めている。犬たちも一緒に暖まっている。唸り声が頂点に達すると、彼らも加わって唸り、叩く。知ることもなく。理由もなく。足で蹴る。こぶしで殴る。そのとき沼地に静寂が訪れる、靄が濃くなり騒音を和らげたかのように。それから唸り声が再び沈黙を破る。

私たちが昼間を待っていた理由はここにある。私たちは一日を始めるために昼間を待っていたのだ。

一日よりも永遠に近いものは何だろう？　一日より長いものとは何なのか？　一日が流れるとどうして知ることができるだろう？　土くれのあとには土くれが続き、畝が後退し、運搬作業の女たちはロンドを続ける。それから唸り声、唸り声、唸り声。

一日より長いものとは何だろう？　時が過ぎるのは、ゆっくりと霧が引き裂かれていくからだ。寒さにかじかんだ両手がましになる。おそらくは太陽が、遠くでぼやけている。太陽が少しずつ霧の層を引き裂いていく。氷が柔らかく、柔らかくなって解ける。そうなると両足が泥の中にはまりこみ、くるぶしまで上がってくる氷の壺に木靴が覆われる。ぬかるんだ泥水の中では身動きがとれず、凍りついた水の中でも身動きできない。木箱を運ぶ女たちは、濡れて滑りやすくなった土くれの山に登るのが一層難しくなる。

昼間だ。
黄色い陽射しが靄を貫き、沼地はどんよりとした冷たい明るさに蒼褪める。
今や完全に霧を追いちらした太陽にさらされて、沼地は再び液状化する。
すっかり昼間なのだ。
それは金色の大きな葦が輝く沼地の昼間だ。
ぞっとするような目をした虫けらが身をすりへらしている沼地の昼間だ。
鋤はどんどん重くなる。
運搬作業の女たちが運ぶ木箱はどんどん下がる。
それは人間の形をした虫けらが死んでいく沼地の昼間だ。
木箱を持ちあげることができなくなる。
それは昼間を終わらせるための昼間だ。
飢え。熱。渇き。
それは晩になるための昼間だ。
腰は苦痛のかたまりになる。
それは夜になるための昼間だ。
凍てつく両手、凍てつく両足。
それは霜の白装束に覆われた木々の形を遠く太陽が輝かせる沼地の昼間だ。

永遠に終わらない昼間だ。

アデュー

正午に彼女たちは外へ連れだされた。通路で女子ブロック長《ブロコーヴァ》が、彼女たちの頭からスカーフを剝ぎとり、コートを脱がせた。ぼろきれのスカーフ、ぼろきれのコート。乾いた寒い冬の一日だった。「お散歩日和ね」と言われるような、あの冬の日々の中の一日。人々。他の場所に。

地面は固まった雪に覆われていた。

コートを奪われ、大半が剝きだしの腕をさらしていた。彼女たちは腕を組み、痩せた手で腕を擦っていた。頭を寒さから守ろうとしている女たちもいた。一センチ以上髪が伸びている者はいなかった、そこに長いことといる者はいなかったから。誰もが震えに身を揺さぶられていた【14】。

中庭は彼女たち全員を収めるには狭すぎたが、彼女たちは陽の当たる場所でひしめきあい、死に瀕している者たちを日影に押しやっていた。雪の中に座りこみ、彼女たちは待っていた。そのまなざしを見れば、彼女たちが何も見ていないことがわかった。自分たちを取り巻いているものも、中庭も瀕死の者たちも死者たちも彼女たち自身も、何も。彼女たちはそこに、雪の上にいて、抑えることのできない体の震えに動かされていた。

不意に、合図されたかのごとく彼女たちはみんな唸りはじめた。唸り声は膨み、持ちあがり高まって、壁を越えて広がった。それは唸り声を上げる口、天まで轟く唸り声を上げる口でしかなかった。歪んだ口をした土間の衆。

唸り声は砕けちり、沈黙の中でちらほらと嗚咽が聞こえた。彼女たちはくずおれた。打ちのめされ、おそらくは諦めはてて。それは窪んだ目でしかなかった。窪んだ目をした土間の衆。

しばらくすると彼女たちは受け入れることも諦めることももうできなくなった。いっそう原始的な唸り声が上がり、高まり、砕けちり、再び沈黙が落ちた、嗚咽と、絶望に窪んだ目とともに。

ぼろきれの寄せあつめと顔の群れの中、もはや泣きも唸りもしなくなった女たちがもう震えることはなかった。

そしてまた唸り声が上がった。

恐怖の極限でわななくこの呼び声を聞いているものは何もなかった。世界はここから遠いところで止まっていた。「お散歩日和ね」と声をかける世界は。私たちの耳だけが聞いていたが、私たちはもうすでに生者ではなくなっていた。自分の番を待っていたのだ。

最後の沈黙は長く続いた。彼女たちはみんな死んだのだろうか？　いいや。彼女たちはそこにいる。打ち負かされてはいるが、意識はまだ拒絶している、拒絶し、硬直し、抗おうとし、立ち向かおうとしている。唸り声が新たに上がる、高まり、膨れあがり、広がる。それは再び、天に向けて唸り声を上げる口でしかなくなる。

沈黙と唸り声が時を刻んでいた。

太陽が隠れた。影が中庭全体を覆っていた。頭に陽が当たっているのはもう一列しか残っておらず、最後の一筋の光が、叫びに歪められた彼女たちの頭の骨ばった輪郭をくっきりと際立たせていた。

そのときトラックのタイヤの音が聞こえてきて、すぐさま唸り声が浴びせかけられる。そして扉が開かれると、中庭はあまりに広くなる。総立ちになった女たちが反対側の壁のほうに殺到すると、空っぽにされた空間では汚された雪の上に、事前に数えることができた数よりたくさんの死体がある。

二人の囚人が入ってくる。彼らが目に入ると唸り声は二倍になる。彼らは天の労働部隊《コマンド》だ。棍棒で武装した彼らは、扉のほうに女たちを引き戻そうとしている。彼女たちは動かない。無気力だ。それから彼女たちは諦める。ほとんど彼らに突き飛ばされるまでもなく、彼女たちは扉に近づいていく。

最初のトラックが扉すれすれに停まった。

囚人の一人がトラックの上に立っている。かなりの巨漢で、毛皮の襟を立てたジャンパーを着て、アストラカン[15]の毛皮帽を耳まで被っている。

(天の労働部隊《コマンド》の囚人たちは特権を有していた。彼らはいい服を着て、お腹が空けば食べることができる。三ヶ月だけは。時が経つと、他の者が交代して彼らを送る。天に。焼却炉に。三ヶ月ごとにそれが繰り返される。ガス室と煙突を維持しているのは彼らだ)。

この男のジャンパーの背中には鉛丹で書かれたバツ印が見える。女たちにも赤いバツ印がある。今ではどんどん、縞模様のワンピースにもこうしたバツ印が増えている。

他の二人が女たちを彼のほうに押しやる。彼はベルトを外しその両端をきつく握りしめて、次から次へと女たちの両腕の下に通し、彼女たちを積んでいく。彼はトラックの荷台に彼女たちを投げる。意識を取り戻すと、女たちは立ちあがる。この反射は変わることがない。

えい、やっ。次、次。えい、やっ。次。

彼の仕事は早い。自分の仕事を熟知した者のように、そのたびごとにもっとよい仕事をせんとする者のように。トラックがいっぱいになる。まだ足りない。腰で押し、押しこみ押しこみしながら、彼は荷を積みつづける。女たちは互いに押しつぶしあう。彼女たちはもう叫ばない、もう震えない。

もう本当に何も積めなくなると彼は地面に飛び降り、トラックの荷台の背を再び立たせてチェーンを繋ぐ。一つの仕事の出来栄えを見るかのように、今なした仕事の成果に最後の一瞥を投げる。彼はまたもや腕で何人かの女の体を捕まえ、他の女たちの上に投げる。他の女たちは投げられた女たちを頭の上で、肩の上で受け止める。彼女たちは叫ばない、震えない。荷物を積み終えると、彼は運転手の横に乗りこむ。出発！　ＳＳの男がエンジンをかける。

出発にはドレクスラーが立ち会っている。彼女は腰にこぶしを当てて見張っている。仕事を見張り、出来栄えに満足する責任者として。

トラックに積まれた女たちは叫ばない。ぎゅうぎゅう詰めで、腕や上半身を動かそうとしている。まだ片腕を取りだし身を支えようとするなんて理解を絶する。

一人の女が荷台の側壁の上で上半身を酷くのけぞらせている。まっすぐに。硬直して。その目はぎらついている。憎悪と軽蔑の目でドレクスラーを睨みつけている。殺しかねないほどの軽蔑。女は他の女たちと一緒に唸ることはなかった、その顔が痩せこけているのは単に病気のせいだ。

トラックが発車する。ドレクスラーはそれを目で追う。

トラックが離れていくと、ドレクスラーはアデューと手を振り、笑う。彼女は笑う。そして長いあいだ、アデューと手を振っている。

彼女が笑うのを私たちが見るのは、それが初めてだ。

もう一台のトラックが第二十五ブロックの扉の前に進んでいく。

私はもう見ない。

点呼

それが長引くときは何かがあるということだ。数え間違い、あるいは危険。どんな種類の危険か？　それを知ることは決してできない。ある危険。

ＳＳの男が近づいてくると、私たちにはすぐにわかる。医師だ。ただちに最も頑丈な女たちが前のほうに滑りこみ、最も蒼白い女たちが自分の頬をつまむ。彼はやってきて、私たちを見つめる。自分の目が私たちの胸を締めつけていることを知っているのだろうか？

彼は通りすぎる。

私たちは呼吸を取り戻す。

少し向こう、ギリシア人の女たちの列の前で彼は立ち止まる。尋ねる。「二十歳から三十歳で元気な子を生んだ女はいるか？」

人体実験ブロックのモルモットを入れ換えなければならないのだ。

ギリシア人の女たちは到着したばかりだ。

私たちはといえば、すでに長くここにいすぎた。数週間。腹を開かれるにはあまりに痩せすぎ、あまりに弱りすぎていた。

　タコがネバネバした筋肉で私たちを締めつけていた、片腕を取りだしても、首の周りに巻きつき頸椎《けいつい》を締めつける触手に窒息させられるだけで、この触手は頸椎がきしむほどに締めつけ、頸椎、気管、食道、喉頭、咽頭と首にある全ての管を打ちくだくほどに締めつけた。のどを解放しなければならない、この締めつけから自由になるためには腕や脚や腰をこの触手に委ねなければならない。私たちを捕え侵略する触手は果てしなく増殖し、いたるところから現れ、あまりに数が多いので、この闘いと、このうっとうしい警戒を放棄してしまえという誘惑に駆られるほどだった。触手は広がり、魔の手を広げていった。その脅威は長いあいだ宙吊りのままで、私たちはそこで催眠をかけられ、襲いかかり巻きつき張りつき押しつぶす獣を前に身をかわそうとすることもできずにいた。ふと目が覚めたような気がしたとき、私たちは危うく死ぬ寸前だった。それはタコではない、泥なのだ。私たちは泥の中を泳ぐ、波打つ無尽蔵の触手を持つネバネバの泥。それは私たちが泳がなければならない泥の海で、力いっぱい力尽きるまでその中を泳がなければならない、渦巻く泥の水面に何とか頭を出して喘がなければならない。私たちは嫌悪に身をこわばらせ、目や鼻や口の中に入ってくる泥で窒息し、私たちをタコの腕で覆うこの泥の中で姿勢をまっすぐに立てなおそうとして腕をジタバタさせる。土くれでいっぱいの木箱《トラーグ》を運ばなくていいなら泥の中を泳ぐのは何でもないことだろうが、あまりに重いので積荷に引きずられてどうしても泥の底に沈んでしまい、まさにそのせいでのどや耳の中に凍ったネバネバの泥が入ってくる。この木箱を頭の上で支えつづけるには超人的な努力が必要で、前にいる仲間は沈みこんで姿を消し、泥に呑みこまれている。彼女を引きずりだして泥の波に連れ戻し、木箱から解放してあげなければならないが、この木箱を厄介払いすることはできない、木箱は私たちの手首にしっかりと固く、かなりきつく繫がれているので、そのせいで私たちは二人とも致命的にもつれあって沈みこみ、互いに土くれの溢れでる木箱に繫ぎあわされ泥と混じりあって、自由に体を動かそうと最後の悪足掻きをしながら泥をかき混ぜている、木箱は今や目と歯でいっぱいだ、光る目と、嘲笑う歯——この歯は燐光を放つイシサンゴのように泥を照らし、どろどろの水を照らす——この目と歯がことごとく燃えあがり、がなりたてる、突き刺し嚙みつき、あちこちから突き刺し嚙みつき、唸り声を上げる、もっと早く《シュネラー》、もっと早く《シュネラー》、進め《ヴァイター》、進め《ヴァイター》、そうして私たちが歯と目だらけのこれらの顔面にパンチを食らわすと、こぶしはブヨブヨした角膜瘢痕《かくまくはんこん》、腐ったスポンジにぶつかるばかりなのだ。私たちは逃げだし、この壺の外に泳いでいきたいと願う。泥沼は真夏の正午のプールのように満員で、私たちはどこに行っても逃走する脂ぎった体と群衆にぶつかりあとに引くこともできず、肩を動かせば押し返され他の肩にぶつかる。体と体がもつれあい、腕と脚が混じりあい、ようやく何か固いものにぶつかったと思ったら自分の寝台の板に突きあたっていて、全てが影の中に消え、この影の中でリュリュのものであるこの脚やイヴォンヌのこの腕や、私の胸の上にのしかかるこの頭が動いている、これはヴィヴァの頭だ、それから空虚の縁で、寝床の端で、通路に落ちる寸前で何かを感じて目を覚ました私は、また別の悪夢の中に落ちていく、この影のほら穴がすっかり息づいていたから、息を吸って吐いて、この影の織りなすあらゆる襞の中で、苦痛に満ちた幾千の眠りと幾千万の悪夢によって動揺していたから。この影から一つの影が離れて滑りでて、地べたの泥に滑り落ち、洞窟の入り口のほうに駆けていき、この影が他の影たちを目覚めさせると、他の影たちも滑りでて駆けだし、夜の中で自分の道をうまく見つけられずに手探りし二の足を踏み、軽く触れあいながら何の意味もない言葉を交わしあう。「私の靴はどこ？　あんたなの？　赤痢ね、私は出てきたのは三回目」。他の影たちが戻ってきて手で自分の場所を探し、頭の一つに触れて自分の頭の場所を探し、三段ベッドのそこかしこから悪夢が頭をもたげ、影の中で形をなし、三段ベッドのそこかしこから傷だらけの体が苦痛の叫びを上げ、呻きはじめる、この体は泥と闘い、吠えかかるハイエナの顔と闘っている。ヴァイター、ヴァイター。ハイエナがまさしくその言葉で吠えるから、もはや自分のうちに身をすくめ、かろうじて耐えられる悪夢を呼びおこそうとするくらいしかできることはない。おそらくそれは家に帰る悪夢、家に戻ってこう言う、私よ、ここよ、戻ったのよ、ねえ、でも不安に責めさいなまれているると信じていた家族みんなが壁のほうを向いて押し黙り、無関心な他人と化している。もう一度言う、私よ、ここにいるのよ、今ならこれが本当で夢じゃないってわかるわ、何度も家に帰る夢を見すぎて目覚めたときは最悪だったんだから、でも今度こそ本当、本当よ、だって私は台所にいて流し台に触ってる。ねえママ、私よ、流し台の石が冷たくて私は眠りから引き剝がされる。それは私の寝床と隣の寝床とを隔てている低い垣根の崩れたレンガで、そこで他の幼虫たちは眠り、呻き、彼らをくるむ毛布の下で夢を見ている――それは彼らを覆う屍衣なのだ、だって彼女たちは死んでいる、今日でも明日でも同じことだ、彼女たちは母の待つ台所に戻るために死ぬ、私たちは自分が影の穴の中にまっさかさまに落ちていくように感じる、果てしない穴――それは夜の穴か別の悪夢か、あるいは私たちの本当の死なのか、私たちは怒り狂って抵抗し、悪戦苦闘する。帰らなきゃ、家に帰らなきゃ、帰って流し台の石に手で触れなきゃ、私たちは夜の穴の底、死の穴の底に私たちを引きずりこむめまいと闘う、最後にもう一度絶望的な努力にエネルギーを注いでレンガに摑まる、胸の前に抱えた冷たいレンガ、凍ってくっついたレンガの山から私たちが爪で氷を割って引き剝がしたレンガ、早く、早く、棍棒と革の鞭が飛び交う――早くもっと早く、爪は血まみれだ――胸に抱えたこの冷たいレンガを私たちは別のレンガの山に運ぶ、それぞれが胸にひとかたまりのレンガを載せた陰鬱な行列をなして。ここではそうやってレンガを運ぶものだから、次から次へと、朝から晩まで、レンガの山から山へと、朝から晩まで、そして昼のあいだじゅう建設現場にレンガを運ぶだけでは飽き足らず、私たちは夜のあいだもまだレンガを運んでいる、夜はあらゆるものが一挙に私たちに押しよせるから、身動きのとれない沼地の泥、胸の前に抱えなければならない冷たいレンガ、唸り声を上げるカポ、泥の上を固い地面の上のように歩く犬たち、影の燃えるような目の合図一つで私たちに嚙みつく犬たち。私たちは顔面に犬の熱く湿った呼吸を感じ、こめかみには恐怖の汗が浮かぶ。だから夜は昼間よりも消耗が激しく、独りで死に瀕している女たちの咳や喘鳴で溢れかえっている、泥や犬やレンガや唸り声と闘う他の者たちの脇に押しやられた女たち。私たちは目覚めると彼女たちが死んでいることに気づくことになり、彼女たちを扉の前の泥の中に運び、そこに置いていくことになる、彼女たちが息を引きとった毛布にくるんで。どの死者も夜の影たちと同じくらい軽く、同じくらい重い、がりがりに痩せほそっているから軽く、誰も一度として分かちあえない苦しみを独りで全部背負っているから重い。

そしてホイッスルが目覚めを告げるとき、夜が終わるのではない
星が色褪せ空が色づくときにしか夜は終わらないのだから、
夜が終わるのではない
昼間が来なければ夜は終わらないのだから、
ホイッスルが目覚めを告げるとき、夜と昼間を隔てる永遠の海峡がまるごとあるのだから。

ホイッスルが目覚めを告げるとき、一つの悪夢が凍りつき、もう一つの悪夢が始まる
この二つのあいだには一瞬の正気しかなく、この一瞬に、私たちは自分の心臓が打つ音を聞き、まだ長いあいだ心臓に打つ力が残っているか耳を傾ける
長いあいだというのは何日かという意味だ。私たちの心臓は何週間、何ヶ月間という単位で数えることができないから、何日かという単位で数え、来る日も来る日も千の臨終と千の永遠を数える。

収容所の中でホイッスルが鳴り、ある声が叫ぶ、「人員点呼《ツエール・アペル》」[16]、私たちにはこう聞こえる、「点呼だ《セ・ラペル》」、さらに別の声「起きろ《アウフシュテーエン》」——それで夜が終わるのではない
医務室《レヴィル》で錯乱している女たちの夜が終わるのではない
彼女たちのまだ生きている唇に攻撃をしかけるネズミたちの夜が終わるのではない
凍てつく空で凍りついている星たちの夜が終わるのではない
夜が終わるのではない
それは影たちが壁の中に再び入りこみ、他の影たちが夜の中に出ていく時間
夜が終わるのではない
千の夜と千の悪夢が終わるのだ。

五十まで

男がひざまずく。腕を組んで。頭を下げて。カポが進みでる。棍棒を持っている。ひざまずく男に近づき、両脚をしっかりと踏んばる。

ＳＳが犬を連れて近づいてくる。

カポは両手で握った棍棒を振りあげ、男の腰に一撃を食らわす。一回《アインス》。

もう一度。二回《ツヴァイ》。

もう一度。三回《ドライ》。

数えているのは、打たれている男のほうだ。打撃の合間に聞こえる。

四回《フィア》。

五回《フュンフ》。彼の声が弱まる。

六回《ゼクス》。

七回《ジーベン》。

八回《アハト》。私たちにはもう聞こえない。だが彼はまだ数えている。五十まで数えなければならない。

打たれるごとに、彼の体は少しずつ曲がっていく。カポは背が高く、その高みから力いっぱい叩きつける。

打たれるごとに、犬が吠えたて跳びかかろうとする。犬の口は棍棒の動きを追いまわしている。

「続けろ《ヴァイター》」。女性指示者《アンヴァイゼリン》が私たちに怒鳴る、私たちが鋤を下ろしたまま動けずにいるから。

「ヴァイター」。私たちの腕はまた止まった。

絨毯をはたくような音で打ち据えられるその男。

彼はまだ数えている。ＳＳは彼が数えるのを聞いている。

きりがない、一人の男の背中に振りおろされる五十回の棒打ち。

私たちは数えている。彼が、彼も数えてくれますように！　数えつづけてくれますように！

彼の頭は地面に触れている。打たれるごとに、彼の体はばらばらになるほどの痛みに飛びあがる。打たれるごとに私たちもまた飛びあがる。

きりがない、一人の男の背中に振りおろされる五十回の棒打ちの音。

彼が数えるのをやめれば棒打ちはやみ、またゼロからやりなおしになる。

きりがない、それは鳴り響く、一人の男の背中に振りおろされる五十回の棒打ち。

チューリップ

遠くに一軒の家が浮かびあがる。冬、突風の下、その家は一艘《そう》の船を思わせる。北欧の港で錨を下ろした一艘の船。灰色の地平に浮かぶ一艘の船。

私たちは、顔をひっぱたき、雹《ひょう》のように突き刺さるみぞれ混じりの吹雪に頭を下げて進んでいた。突風が吹きつけるたび、次の突風をおそれてさらに頭を曲げた。突風が襲いかかり、頬を叩きつけ引き裂いた。大粒の塩が一握り、力いっぱい顔面に叩きつけられる。私たちは立ちはだかる風雪の絶壁を押しながら前進していた。

私たちはどこに向かっていたのだろう？

一度も向かったことのない方角だった。小川の手前で方向を変えた。土手のある道路が湖に沿って続いていた。凍てついた巨大な湖。

私たちは何に向かっていたのだろう？　そこを通って私たちに何ができただろう？　夜が明けるたび、夜明けに投げかけられた問いかけ。どんな仕事が待ち受けているの？　沼地、トロッコ、レンガ、砂利。私たちはこれらの言葉を心をすりへらすことなしに考えることはできなかった。

私たちは歩いていた。風景に問いかけていた。鋼色の凍てついた、とある湖。何も答えない、とある風景。

道路が湖から離れる。風雪の壁が横に移動する。あの家が現れるのはそこだ。私たちは歩くのが少し楽になる。私たちは一軒の家に向かっている。

その家は道路沿いにある。赤レンガ造り。煙突からは煙が出ている。誰がこんな人里離れた家に住めるだろう？　家が近づいてくる。白いカーテンが見える。ムスリン[17]のカーテン。私たちは甘いものを口に含むように「ムスリン」と発音する。そしてカーテンの手前の二重窓の中間には、一輪のチューリップが置かれている。

幻が現れたかのように、目が輝きだす。「見た？　見た？　チューリップよ」。まなざしの全てがその花に注がれる。ここ、氷雪の砂漠に、一輪のチューリップ。蒼褪めた二枚の葉のあいだに咲く薔薇色。私たちはそれを見つめている。吹きつける雹のことも忘れている。隊列の速度が落ちる。「進め《ヴァイター》」、ＳＳが叫ぶ。その家を通りすぎても長いこと、私たちの頭はまだあの家に向いている。

一日中、私たちは一輪のチューリップを夢見ている。解けた雪が落ち、濡れたベストが凍って背中に貼りついた。一日は長かった、どの一日とも同じくらい長かった。私たちが掘った溝の底で、そのチューリップは繊細な花冠を咲かせていた。

帰り道、湖畔の家に着くずっと前から、私たちの目はその花を待ち焦がれていた。それは白いカーテンの奥に咲いていた。蒼褪めた葉のあいだに咲く薔薇色の杯。それから点呼の合間に、一緒にいなかった仲間たちに言ったものだった。「私たちチューリップを見たの」。

私たちが再びこの溝に行くことはなかった。他の者たちが仕事を終えたに違いなかった。朝、湖畔の道路に続く十字路に来ると、私たちは一瞬だけ希望を持つのだった。

その家が漁場を指揮するＳＳの家だったことを知ったとき、私たちは自分の記憶を憎んだ。私たちのうちでまだ干上がっていなかったこの記憶のやさしさを憎んだ。

朝

暗闇の果てからある声が叫んだ、「起きろ《アウフシュテーエン》」。暗闇から別の声がこだまして「起きろ《スターヴァチ》」【18】と叫ぶと、黒いものが蠢きだし、女たちはそれぞれ手足を出した。私たちは自分の靴を見つけるやいなや床に飛び降りた。毛布からすぐに出てこなかった女たちの上で革の鞭が鳴り、吹き荒れた。通路に立った女子室長《シュトゥボーヴァ》が手にしている革の鞭は、ベッドの三段目まで、寝床のど真ん中にまで飛び交い、眠くてずきずきする顔や脚を叩きつけた。全員が動きだして移動を始め、毛布があちこちで揺れ動き、折りたたまれると、金属のぶつかりあう音が聞こえてきて、暗闇の中央で揺らめくロウソクが湯気で霞み、お茶を給仕するためのドラム缶が見えてくるのだった。そして室内に入ってきたばかりの女たちは壁に寄りかかって息を切らせ、胸に手を当てて心臓の鼓動をなだめていた。彼女たちは遠くにある台所から戻ってきた。遠いのは、巨大なドラム缶を運ぶとき握った手のひらが千切れそうだから。遠いのは、雪や雨氷や泥の中、三歩進んでは二歩下がり、前進しては後退し、転んでは起きあがり、無力な腕に重すぎる積荷を負わされ、また転ぶから。呼吸が鎮まると彼女たちは言う。「今朝は寒いわ、夜中より寒い」。彼女たちは「今朝は」と言う。今は真夜中だ、かろうじて午前三時過ぎ。

お茶は吐き気を催させるような臭気を放っている。私たちは熱っぽく渇ききっているのに、女子室長《シュトゥボーヴァ》たちはけちけちとしか注いでくれない。彼女たちはその大部分を、自分たちの洗面用に取っておくのだ。それは確かにこのお茶の可能なかぎり最善の使用法で、私たちだってきれいな温かい水で体を洗いたいという欲求に襲われる。到着後、私たちは一度も体を洗っておらず、冷たい水で手を洗うことすらしていなかった。私たちは前の晩のスープの臭いのする飯盒でお茶を飲む。飯盒を洗うための水もない。自分のお茶を飲むということは、棍棒に打たれ、肘打ちされ、こぶしで殴られ、唸り声の渦巻く混沌の中で、力ずくで奪うことである。渇きと熱に蝕まれ、私たちはこの混沌に巻きこまれきりきり舞いしている。私たちは立ったまま飲み、お茶をもらえないことをおそれている者たちや、すぐに外に出ていかなければいけないから出ていこうとしている者たちに突き飛ばされる。彼女たちは立ったそばから、すぐに外に出なければいけない。ホイッスルが最後の号令を告げる。全員外へ《アレス・ラオス》。

扉が星々に開かれる。毎朝、こんなに寒かったことはないと思う。毎朝、ここまでは耐えられたが今回ばかりは寒すぎる、もう耐えられない、と感じる。星々の戸口で躊躇い、後ずさりしようとする。すると棍棒と革の鞭と唸り声が荒れ狂う。扉のそばの最前列の女たちが寒空に投げだされる。ブロックの奥から棍棒に打たれて全員が寒空の下へと押しやられる。

外には剝きだしの地面、山積みの石と山積みの土があり、どこもかしこも迂回すべき障害物や避けるべき溝で、雨氷や泥や雪、夜間の排泄物もあった。外では寒さが体を突き刺し、骨まで刺さる。私たちは寒さに貫かれる。氷の刃で。外では夜が寒さで澄みわたる。月影が雨氷や雪の上に青く射す。

点呼だ。全ブロックが自分の影たちを吐きだしていく。寒さと疲労に麻痺した動きで人の群れが収容所通り《ラーゲルシュトラーセ》に向かってぐらついている。群れは怒鳴られ殴られて混乱しながら五列横隊に振りわけられる。雨氷や泥や雪に足を取られているこの影たちが全て整列するまでにはかなりの時間がかかる。この影たちの全てが凍てつく風をできるだけ避けるために、互いを求めあい身を寄せあう。

次に、沈黙が訪れる。

首を肩の中にすくませ、胸部を窪ませ、どの女たちも自分の両手を前の人の腕の下に置いている。最前列の女たちにはそれができないので私たちは交代しあう。背中に胸を押しつけ、ぴったりと密着しあって、何とかみんなで同じ血行、同じ血流を保とうとしながら、みんなで凍りついている。寒さに消え入って。両足は先端が遠くでバラバラになったまま存在することをやめている。木靴はまだ昨日の雪と泥で濡れ、過去の全ての昨日の雪と泥で濡れていた。それは一度も乾いたことがない。

寒さと風の中で何時間も身動きせずに立ちつづけなければならない。私たちはしゃべらない。言葉は唇の上で凍りつく。動かずに立ち尽くす女たちの群れ全体が寒さに茫然としている。夜の中で。寒さの中で。風の中で。

私たちは身動きせずに立ちつづけている、驚くべきことに、私たちは立ちつづけていた。何故？　誰も「それが何になる？」とは考えないし口にも出さない。力のかぎり、私たちは立ちつづけている。

私は仲間たちの真ん中に立ち、こう考える。もしいつか私が戻り、この説明できない状況を説明しようとするならこう言うだろう。「私は自分にこう言い聞かせてた。おまえは耐えなきゃいけない、点呼のあいだじゅう立ちつづけなきゃいけないって。おまえは今日もまだ耐えなきゃいけない。だっていつか戻れるとしたら、おまえが戻れるのは今日もまだ耐えることができたからだって」。そしてそれは嘘になる。私は自分に何も言い聞かせはしなかった。何も考えていなかった。抵抗する意志はおそらく本能の遥か底に埋められ隠されて、それ以来、その本能ごと打ちくだかれたから私は決して知らないはずだ。そしてもし死んだ女たちが戻った女たちに説明を求めたとしたら、戻った者たちは何も言えなかったはずだ。私は何も考えなかった。何も見なかった。何も感じなかった。私は寒さに震える一骸骨で、この骸骨の肋骨の隙間一帯を寒風が吹き抜けていく。

私は仲間たちの真ん中に立っている。星を見ることはない。星たちは寒さに身を切られている。私は夜の中、白く照らされる有刺鉄線も見ない。それらは寒さの鉤爪だ。私は何も見ない。固い意志の仮面が顔と一体化した母の姿が目に浮かぶ。私の母。遠い。私は何も見ない。何も考えない。

　吸いこむ風がそのたびごとにあまりに冷たいので呼吸路全体が剝きだしになる。寒さは私たちを裸にする。皮膚は、体を閉じ、腹の熱でさえもぴったりと閉じこめてくれる保護膜であることをやめている。肺は凍てつく風の中できしんでいる。物干しロープにかかる洗濯物。心臓は寒さに縮みあがって硬直し、気分が悪くなるほどに硬くなり、不意に私は何かが壊れるのを感じる、そこで、私の心臓で。私の心臓はその胸から切り離され、その周囲で心臓を正しい場所に固定している全ての器官から切り離される。私の内部で石が一つ落ちる、いっきに落ちるのを感じる。それは私の心臓だ。それからこのうえない安らぎが私になだれこむ。壊れやすく気難しいこの心臓が取り除かれてしまうと何て心地いいんだろう。ある軽さの中で身を縮める、それは幸福の軽さに違いない。何もかもが溶けだして私になり、何もかもが幸福な流れに乗る。私は身を委ねる、死に身を委ねることは愛に身を委ねることよりも甘美だ、これで終わりだと知ること、苦しみが終わり、闘いが終わり、もう何もできないこの心臓に不可能な要求をすることが終わると知ることは甘美なのだ。めまいは雷の閃光ほども続きはしないが、実在するかわからない幸福に触れるには十分だ。

　そのあと私が我に返ったのは、平手打ちを食らったショックからだ。ヴィヴァがありったけの力で私の頰を打ったのだ、歯を食い縛り目をそらしながら。ヴィヴァは強い。彼女は点呼で気を失うことはない。私は毎朝だ。それは言語を絶する幸福の瞬間なのだ。ヴィヴァは決してその幸福を知ることはないだろう。

彼女は私の名を、遥か虚無の底から私のもとに届くその名を何度も何度も呼ぶ――私が聞いているのは母の声だ。声がきつくなる。「頑張って。立つのよ」。すると母の後ろにしがみつく子どものように、ヴィヴァの後ろにしがみついている自分を感じる。私は、はまったら抜けられない泥や雪の中に落ちないように支えてくれる彼女にぶらさがっている。そして苦しみであるこの意識と、幸福だったこの放棄のどちらかを選ぶために闘わなければならず、ヴィヴァが私に「頑張って。立つのよ」と言うから私は選ぶ。その命令に逆らいはしないが、それでも一度は諦めたいと願う。一度は、というのは、一度諦めてしまえばそれは唯一になるだろうから。ここで死ぬのはあまりに簡単だ。ただ自分の心臓の赴くままにすればいい。

私は私を取り戻し、濡れて冷たい服を身に着けるように私の体を取り戻す。戻ってきて鼓動を打つ私の脈を、寒さにひりつく口角の千切れた私の唇を取り戻す。私に巣食う不安と、私がこじつけた希望を取り戻す。

ヴィヴァはきつい声を出すのをやめて、「ましになった?」と尋ねる。彼女の声があまりにやさしく励ます調子なので、私は「ええ、ヴィヴァ。ましになったわ」と答える。熱と寒さによってできたひび割れをさらに少し引き裂きながら答えるのは、私の唇だ。

私は仲間たちの真ん中にいる。体の接触が生みだす哀れな共同体の熱の中に再び身を置き、完全に自分に戻らなければならないから点呼に戻ってこう考える。これは朝の点呼――何て詩的な響きだろう——これは朝の点呼だ。私にはもう朝なのか晩なのかわからなかった。

　これは朝の点呼だ。東の空がゆっくりと染まっていく。一束の炎、凍りついた炎が空に広がり、私たちの影を溺死させる影は少しずつ溶け、これらの影からいくつもの顔が形作られる。その顔はどれも紫がかって蒼褪め、空が明るくなるにつれて、さらに紫がかって蒼褪めて見えるから、今では、昨夜死に触れた者や今晩死に見舞われる者がわかる。何故なら死は顔に描かれ、容赦なく顔に貼りつけられるから、視線を交わすまでもなくシュザンヌ・ローズを見て彼女は死ぬだろうとか、ムネットを見て彼女は死ぬだろうとかいうことを、私たちはみんな理解していた。死は頬に貼りついた皮膚に、眼窩に貼りついた皮膚に、上あごに貼りついた皮膚に刻まれる。そして私たちは、彼女たちの家や息子や母親のことを思い出させても、今ではどうにもならないと知っている。もう遅すぎる。私たちが彼女たちのためにできることはもう何もない。

　影がまた少し溶ける。犬たちの吠え声が近づいてくる。ＳＳたちが到着したのだ。女子ブロック長《ブロコーヴァ》たちが「静かに！」と理解不可能な言語で叫ぶ。腕の下から突きでている手に寒さが突き刺さる。一万五千人の女たちが気をつけの姿勢をとる。

　ＳＳの女たちが通りすぎる——大柄で、黒いマントをはおってブーツを履き、丈の長い黒いフードを被っている。通過しながら数を数えている。その状態が長く続く。

　彼女たちが通過してしまうと誰もが両手を他の者の腋の下の窪みに置きなおし、それまで堪えていた咳を漏らすが、女子ブロック長《ブロコーヴァ》たちは咳に向かって「静かに！」と、理解不可能な言語で叫ぶ。まだ待たなければならない、昼間を待たなければならないのだ。

　影が溶ける。空が燃える。今、くらくらするほどの行列が通りすぎるのが見える。小柄なロランドが頼む。「私を最前列にしてくれない？　見たいの」。ちょっとしてから彼女はまた言う。「絶対見ればわかると思ってたのに。足が曲がってるから、足を見れば絶対わかると思ってた」。彼女の母親は何日か前に医務室《レヴィル》に行った。彼女は毎朝、母親が何日に死んだかを覚えておくために見張っていた。

　くらくらするほどの行列が通りすぎる。死体置き場に運ぶために医務室《レヴィル》から運びだされているのは夜に死んだ女たちだ。死者たちはおおざっぱに寄せあつめた木の枝の担架、短すぎる担架の上に裸で乗せられている。担架の端には脛《すね》——脛骨《けいこつ》——が足先とともにぶらさがっている、痩せこけた剝きだしの足。頭は反対側の端にぶらさがっている、骨ばった丸刈りの頭。真ん中にはぼろきれの毛布が一枚放られている。四人の女囚たちがそれぞれ担架の端を持つ。人は足を前にして世を去る《オン・ソン・ヴァ・レ・ピエ・ドゥヴォン》というのは本当で、彼女たちはいつだってちょうどこの向きで死者たちを運んでいた。彼女たちは雪や泥の中をつらそうに歩き、第二十五ブロックの近くの山に死体を投げにいってから、空になってもほとんど軽くならない担架を持って戻り、また別の死体を運びに向かう。これが毎日の彼女たちの仕事で、日がな一日続くのだ。

　私は彼女たちが通りすぎるのを見て身を固くする。ついさっき、私は死に身をまかせていた。夜明けごとに訪れる誘惑。担架が通りすぎると私は身を固くする。私は死にたいが、小さな担架の上を通りたくはない。小さな担架を通って、ぼろきれの毛布の下、裸で脚と頭をぶらさげるのはごめんだ。私はあの小さな担架の上を通りたくない。

死は私を安堵させる——私はそのことを感じないはずだ、と。「おまえは焼却炉がこわくないんだろう？　ならどうして」。何て気さくなんだろう、死というものは。死をおぞましい顔で描いた者たちは、一度も死を見たことがなかったのだ。嫌悪感が死を運び去る。私はあの小さな担架の上を通りたくない。

そのとき私は知る、通過していく女たちはみんな、私の代わりに通過しているのだと、死にゆく女たちはみんな、私の代わりに死んでいるのだと。私は彼女たちが通りすぎるのを見て、否と言う。死のほうに——ここでは雪の中に——身をまかせて滑り落ちること。身をまかせて滑り落ちるのよ。嫌だ、だってあの小さな担架がある。あの小さな担架がある。私はあの小さな担架の上を通りたくない。

影が完全に溶け去る。寒さが厳しくなる。私は自分の心臓が鳴るのを聞いて、アルノルフ[19]が自分の心臓に話しかけるみたいにそれに話しかける。私は心臓に話しかける。

心臓や、肺や、筋肉へのこの命令がやむ日はいつ来るの？　脳や、神経や、骨や、内臓にあるこの全器官が団結しなくてもよくなる日は？　私の心臓と私自身がもう分かたれなくなる日はいつ来るの？

空の赤が薄らぎ、空全体が薄明るくなってきて、遠くの淡い空でカラスが姿を現し、大群をなして収容所に黒く降りかかる。私たちは点呼が終わるのを待っている。

私たちは点呼が終わり、労働に出発するのを待っている。

ヴァイター

ＳＳたちは四隅に立って、越えてはいけない境界を示していた。巨大な建設現場だった。そこには夜ごとに私たちに取り憑く全てのものが寄せあつめられていた。打ちくだかなければならない石、砂利を敷かなければならない道路、採掘しなければならない砂、石や砂を運ぶための木箱《トラーグ》、掘らなければならない溝、積まれた山から山へと運ばなければならないレンガ。ポーランド人の女たちと一緒に様々なグループに振りわけられたとき、私たちはすれ違いざまに悲しい微笑みを交わした。

太陽が出てきてから寒さは和らいでいた。正午の休憩で、私たちは建築資材の上に座って食事していた。スープを飲み――それにかかったのは数分だけで、一番長かったのは配給、ドラム缶の前に並んで待つ時間だった――石や砂や道路や溝やレンガのもとに戻るまではもう少し時間があった。私たちは自分のワンピースの袖の切込みでシラミを殺していた。シラミが最もたかるのはその部分だったから。シラミを殺してもその数はほとんど減らなかった。それは私たちの気晴らしだった。陰鬱な。天気がよくて座ることができた正午の息抜き。

わずかな友人のグループで集まって、私たちはしゃべっていた。それぞれが自分の田舎や家の話をして、他の者たちに遊びにきてと誘う。遊びにこない？　来てね。私たちは約束したものだ。どれほど旅をしたことか。

「進め《ヴァイター》」。怒鳴り声が私たちの夢の慰みを断ち切る。

「ヴァイター」。誰に向かって言っているんだろう？

「ヴァイター」。

一人の女が手に飯盒を持って小川のほうに向かっている、おそらくはそれを洗うために。彼女は迷いつつも立ち止まる。

「ヴァイター」。彼女に？

「ヴァイター」。ＳＳの声には嘲りがこもっている。

女は戸惑う。彼女は本当にもっと先まで行かなければならないのか？　この場所で小川に身を屈めてはいけないのだろうか？

「ヴァイター」と、ＳＳはさらに高圧的な口調で命じる。

女は少し行き、また立ち止まる。沼地の底に立ち、彼女は全身で尋ねている。「ここでいいの？」

「ヴァイター」とＳＳが唸る。

すると女は進む。彼女は小川の流れに逆らっている。

「ヴァイター」。

銃声。女は崩れ落ちる。

ＳＳは武器を肩にかけて自分の犬に合図を送り、女のもとに向かう。彼女のほうに屈みこみ、一匹の獲物を仕留めたかのように彼女をひっくり返す。

他のＳＳたちは自分の持ち場で笑っている。

彼女はほんの二十歩ほど境界をはみだしていたのだ。

私たちは自分たちの数を数える。みんな無事にここにいるだろうか？

ＳＳが銃を構え狙いを定めたとき、女は太陽に向かって歩いていた。

彼女はすぐさま殺された。

ポーランド人の女だった。


何も見なかった者たちがいて、何があったのか尋ねてくる。見ていた者たちは、自分たちが見たのかどうか自問し、何も言わない。

渇き

渇きとは探検家のお話、ご存知のように、子どもの本に出てくるお話である。舞台は砂漠の中。蜃気楼を見て、辿りつかないオアシスに向かって歩く人たち。彼らは三日間も渇きを覚えている。本の中の感動的な場面。この場面の最後には食糧を運んでくれるキャラバンが到着する。嵐で道がぐちゃぐちゃになったせいで、キャラバンの一行は迷ってしまったのだ。探検家たちは革袋を引き裂いて水を飲む。飲んでしまえばもう渇きは癒される。それは太陽の、熱風の渇きである。砂漠。赤褐色の砂の上に金銀線細工《フィリグラン》のヤシの木。

でも、沼地の渇きは砂漠の渇きより焼けつくような渇きだ。沼地の渇きは何週間も続く。水を入れた革袋は決して届かない。理性がよろめく。理性は渇きによって打ちのめされる。理性はあらゆるものに抗うが渇きには屈する。沼地には蜃気楼はなくオアシスの希望もない。泥に次ぐ泥。泥はあるが水はない。

朝の渇きがあり晩の渇きがある。

昼間の渇きがあり夜の渇きがある。

朝目覚めると、唇はしゃべっているのにどんな音も唇から出てこない。不安があなたの全存在を独占する、夢の中の不安と同じくらい強烈な、ある不安。それは死んでいるときに覚える不安だろうか？　唇がしゃべろうとしても口が麻痺している。口は渇きすぎてもう唾液もなくなってしまうと、言葉を発することができないのだ。さらに目も彷徨っている、狂気のまなざしだ。他の女たちが「彼女気が触れてる、夜のあいだに気が狂ったのよ」と言いだし、正気に返らせようと言葉をかけてくる。彼女たちに説明しなければならない。唇がそれを拒む。口の筋肉が音を発するために動こうとしているのに発音することができない。そしてその不安を彼女たちに伝えることのできない絶望が私を締めつけた。すでに死んでいて、それを知っているような印象。

その音を聞くやいなや、私はハーブティーのドラム缶に走っていく。それはキャラバンの革袋ではない。何リットル、何十リットルものハーブティー、でも一人分に分けるとわずかなもので一人一杯ずつ、まだみんな飲んでいるのに、私はもう飲み干してしまった。口は濡れてすらおらず、まだ言葉を発することを拒んでいる。頬が歯にくっつき、舌が硬くこわばり、あごが動かず、相変わらず自分は死んでいる、死んでいてそれを知っているのだという印象がある。それから戦慄が目の中で膨らむ。錯乱しそうなほどの戦慄が自分の目の中で膨らむのを感じている。何もかもが消え、何もかもが逃れゆく。理性はもう言うことを聞かない。渇き。私は呼吸しているのだろうか？　のどが渇いた。点呼に出なければいけないのか？　私は群れの中に埋没し、どこに行くのかもわからない。のどが渇いた。寒くなったのかましになったのか、感じない。のどが渇いた、渇いた、叫びだしそうなほど。それから指で歯茎に触れると口がカサカサなのがわかる。私の意志は崩壊する。一つの固定観念だけが残る――飲みたい。

もし女子ブロック長《ブロコーヴァ》が私に名簿を取りにいかせたら私は彼女の小部屋で彼女が体を洗った石鹸入りハーブティーのたらいを見つけるだろう、そのとき私が最初にとる行動は汚い泡を掻きわけ、たらいのそばに膝をついて犬みたいにしなやかな舌を鳴らして水を飲むことだ。私はたじろぐ。石鹸入りハーブティー、彼女たちは自分の足をそこで洗ったのだ。理性を逸脱するぎりぎりのところで、私は渇きがどの地点で私の正気を失わせるのかを推しはかっている。

私は点呼に戻る。それから固定観念に。飲みたい。この道を右に曲がりさえすれば。小さな橋のかかった小川がある。飲みたい。私の目には何も見えていない、小川以外は何も。小川は遠い、点呼のあいだじゅう近づけないし、サハラ砂漠を通り抜けるより長いあいだ点呼は続く。出発のための隊列ができる。飲みたい。私は土手に一番近づきやすい列の外側を陣どる。

小川。そこに到着するずっと前から、私は一匹の獣のように今にも飛びこむ気でいる。小川が見えてくるずっと前から手に飯盒を持っている。そして小川のところに来たら列を離れ、前に走りでて滑りやすい土手を下りていかなければならない。小川は凍っていることがあるから素早く氷を割らなければならない。幸い、寒さは和らいでいるから氷は分厚くはない、飯盒の縁で氷を急いで割り、水を汲み、滑りやすい土手をよじのぼって自分の場所に戻るために走らなければならない、早く走りすぎるとこぼれてしまう水を貪るように見つめながら。ＳＳが駆けつける。怒鳴っている。犬が彼の前を走り、ほとんど私に追いつきそうになる。仲間たちが私をひっつかまえたので私は列に呑みこまれる。歩くと移動する水面を貪るように見つめているから、私には彼女たちの顔に浮かぶ気がかり、私が彼女たちに与えた気がかりが見えない。私の放心は、彼女たちからすると、かなり長いあいだ続いたらしい。飲みたい。私自身はこわくなかった。飲みたい。毎朝のように彼女たちは、あのＳＳと犬が私の後ろにいるのにこの小川に下りていくなんて気違い沙汰だという。彼は別の日にポーランド人の女を犬の餌食にした。それにこれは沼地の水、腸チフスを流行らせる水なのだ。違う、それは沼地の水ではない。私は飲むのだ。歩きながら口の広い飯盒で水を飲むことほど難しいことはない。水が縁から縁へと揺れ、唇からこぼれる。私は飲むのだ。違う、これは沼地の水ではない、小川だ。まだしゃべることができないから答えない。それは沼地の水ではないが腐葉の味がする、今日この水のことを考えはじめるやいなや私の口の中にはその味がする、そのことを考えてすらいないときにも。私は飲む。飲んでましになる。唾液が口の中に戻る。言葉が唇に戻っても私はしゃべらない。まなざしが私の目に戻る。いのちが戻ってくる。自分の呼吸が、心臓が戻ってきたのだとわかる。自分が生きているのだとわかる。私はゆっくりと唾液をすする。正気に返り、まなざしが戻る――すると私は小さなオロールを見ている。彼女は病気で、熱に浮かされ、唇は色を失い、目は血走っている。彼女はのどが渇いている。小川に下りていく力はない。そして誰も彼女の代わりにそこに行きたくはない。こんな不衛生な水を彼女は飲んではいけない、彼女は病人なのだ。私は彼女を見て、こう考える。彼女はこんな水でも飲んだっていいはずだ、死にかけているのだから。毎朝、彼女は私の近くに並ぶ。私が飯盒の底に何滴か彼女の分を残してくれないかと期待している。どうして私が彼女に自分の水を分けてあげられるだろう？　どうせ彼女は死んでいくのだ。彼女は待っている。彼女の目が懇願している、私は彼女を見ない。飯盒を自分のベルトにくくりつけるとき、渇きに喘ぐ彼女の目が私を見つめ、その目に苦しみが浮かぶのを感じる。いのちが私に戻ると恥ずかしくなる。毎朝、彼女のまなざしや、渇きのせいで色褪せた彼女の唇が哀願しても何も感じずにいながら、毎朝、飲んでしまったあとで恥ずかしくなる。

私の口は濡れている。今ならしゃべることもできそうだ。私はしゃべらない。口の中のこの唾液を長く取っておきたいのだ。そして例の固定観念。今度はいつ飲める？　これから向かう仕事場に水はあるだろうか。水はあったためしがない。それは沼地だ。泥の沼地。

仲間たちは私の頭がおかしくなったと思い込んでいた。リュリュは私に言っていた。「気をつけてね。わかるでしょ、ここでは常に気を張ってなきゃだめなの。自分を殺すことになるわ」。私には聞こえていなかった。彼女たちはもう私から離れずに、こんなことを言いあっていた。「Cに気をつけなきゃ、彼女気が触れてる。カポもSSも犬も見てやしない。働かないでボーっとした目で突っ立ったまま。あいつらが怒鳴っててもわかってないし、どこにでも行くわ。殺されるわよ」。彼女たちは私のためにこわがっていたし、そのときの狂ったような目をした私を見ることをこわがっていた。彼女たちは私が狂っていると思い込み、おそらくは本当に私も狂っていた。私はその何週間かのことを何も思い出すことができなかった。最もつらかったその何週間かのあいだ、私の好きだった人たちが何人も何人も死んでいたのに、私は自分が彼女たちの死を知っていたのかさえ思い出すことができなかったのだ。

来る日も来る日も、私たちは小川とは逆の別の方向に進んでいたが、自分がどうやってその落胆に耐えたのか、私にはわからない。

朝の渇きがあり昼間の渇きがある。

朝からずっと飲むことしか考えられない。昼のスープが配られても、それは塩辛くて塩辛くて、焼けるような口内炎《アフタ》の口がひりひりと痛む。「食べて。食べて。食べなきゃだめ」。すでにたくさんの女たちが食べ物を拒んで死んでいた。「食べてみて。今日のは薄いから飲めるわよ」——「無理、塩辛いの」。一匙飲み下そうとしたが戻してしまう。口の中に唾液がないから何ものどを通らないのだ。

時々、私たちはトロッコを運びにいく。廃墟と化した住宅街にある、細長い低木の生えた解体現場。低木は霜に覆われている。石を載せた木箱《トラーグ》をトロッコまで運ぶたび、私は低木を撫でその小枝を引き抜いていく。霜を舐めても口の中で水にはならない。ＳＳが遠ざかるやいなや私はきれいな雪のところに走っていく、そこには広げて干されたシーツのようにひとかたまりの雪が残っている。雪を一握り食べてみても雪は口の中で水にはならない。

　地面すれすれに開いた貯水槽の近くを通れたら。めまいに襲われ、何もかもが頭の中でひっくり返る。そこに突進しないのは、カルメンかヴィヴァが一緒にいてくれるからだ。そして移動のたび、彼女たちはそこを迂回しようとする。でも私が彼女たちを引きずっていくから、彼女たちは私が離れないように付き添い、ぎりぎりのところで私を手荒に引きずり戻す。

　休憩のあいだ、ポーランド人の女たちが貯水槽の周りでグループを作り、鉄線にくくりつけた飯盒で水を汲んでいる。鉄線は短すぎる。身を屈めている女はほとんど貯水槽の中にまで入りこみ、仲間たちが彼女の両脚を押さえている。彼女は飯盒の底に濁った水を少し補充して飲む。別の女も順番で水を汲む。私は彼女たちのほうに行き、水が欲しいことを理解してもらおうとする。鉄線の端に飯盒が再び吊るされ、そのポーランド人の女は身を屈めて貯水槽に下り、もう一度水を少し補充してきて、私に差しだしてこう聞く。「パンは《クレバ》？【20】」私にパンはない。自分のパンは全て、晩にお茶をもらうために人にあげている。私は唇に懇願を浮かべてパンはないと答える。彼女は飯盒を逆さまにし、水が地面にこぼれる。カルメンとヴィヴァが走りよってくれなかったら、私は倒れていたことだろう。

沼地にいるあいだ、私は一日中、帰り道のこと、小川のことを考える。だがあのＳＳは朝のことを覚えている。小さな橋が見えるその曲がり角に突きあたるやいなや彼は前に進みでる。小川に下りていき、犬を水で遊ばせる。私たちが着いたときには、水は泥だらけで悪臭を放っている。それでも私は飲めるものなら飲んだだろう、無理だった。女性指示者《アンヴァイゼリン》たち全員がピリピリしている[21]。

昼間の渇きがあり晩の渇きがある。

毎晩、点呼のあいだじゅう、これから配給されるハーブティーのことを考えている。私には最初に給仕されるのだ。渇きが私を図々しい女にする。私は誰もかも突き飛ばし、他の人より先に行く。私は飲む、飲んだそばからよけいにのどが渇いている。このハーブティーは渇きを癒してはくれない。

私は今、自分のパンを手にしている、夕飯になるパン一切れとマーガリン数グラム。私はそれを手に持って、寝床から寝床を駆けずりまわり、ハーブティー一杯と交換してくれる人を募る。私は誰もパンを欲しがらないのではないかと怯える。いつも誰か一人くらいは承諾する人がいる。毎晩、私は自分のパンと何口かのお茶を交換する。すぐに飲み干し、またよけいにのどが渇く。自分の寝床に戻るとヴィヴァが私に言う。「あんたの分のお茶（お茶かハーブティー、実際はそのどちらでもない）を残しといたわ。寝る前に飲む分」。彼女は私をそのときまで待たせることができない。私は飲み、またよけいにのどが渇く。そして犬たちがついさっきふいにしてしまった小川の水のことを考える。あの水を飯盒いっぱい飲めたはずだったのに、のどが渇く、またよけいにのどが渇く。

晩の渇きがあり、最も残酷な夜の渇きがある。何故なら夜には、飲んでも飲んでも水がすぐに乾いて口の中で固まってしまうからだ。そうして飲めば飲むほど私の口の中は固まった腐葉でいっぱいになる。

あるいは、それは一房のオレンジだ。私の歯のあいだで弾ける、それはまさに一房のオレンジ——ここでオレンジを手に入れるなんてとんでもないことだ——それでも確かに一房のオレンジなのだ。私は口の中でオレンジを味わい、果汁は舌の下にまで広がり、口蓋や歯茎に触れ、のどに流れこむ。少し甘酸っぱいオレンジで、すばらしく新鮮だ。このオレンジの味と流れこんでくる爽やかな感触で目が覚める。目覚めるとぞっとする。それでもオレンジの薄皮を歯のあいだで嚙みしめた一瞬はあまりに美味しかったので、私はこの夢を呼び戻そうとする。私はその夢を追いかけ、無理やり続けようとする。でも戻ってくるのは石化してモルタルと化した腐葉土だ。口が乾く。苦くはない。口の中が苦いと感じるのは味覚を失っていないときで、まだ口の中に唾液が残っているときなのだ。

家

雨が降っていた。雨のとばりが平原を閉ざしていた。

私たちはすでに長時間歩いていた。道路にはぬかるみしかなかった。私たちがそこを迂回しようとしていたとき、女性指示者《アンヴァイゼリン》たちが「整列。列を保て！」と叫び、木靴のせいでもたもたしている女たちを泥の中に押しだした。どんなふうに説明しても、私たちが履いていたこの木靴のことを言い表すことはできない。

私たちは巨大な耕作地に到着していた。犂《すき》で耕されたシバムギの根を引き抜かなければならなかった。体を折り、私たちは青白いスジを引っこ抜いては自分のエプロンに載せた。そのせいで腹が濡れて冷たくなった。それに重い。畑の端で自分のエプロンを空にすると、私たちはまた別の畝に取りかかった。雨が降っていた。畝で体を折り、畝から畝へ。雨がすでに私たちの衣服をびしょ濡れにしていた。裸同然だった。凍った小川が肩甲骨のあいだにできて背中の窪地へ流れた。私たちはもうそんなこと気にもしなかった。シバムギを引き抜く手だけがただ死んでいた。それから重くなった木靴に土くれがますます貼りついて、地面から持ちあげる靴がますます重くなった。朝からずっと雨が降っていた。

女性指示者《アンヴァイゼリン》たちは木立の茂みを屋根に雨宿りしていた。彼女たちは遠くから怒鳴っていた。畑の一番端にいると私たちにはもうその声が聞こえなかった。私たちはそこで少しぐずぐずしていた。[22] とにかく畝に身を屈めていなければならなかった、彼女たちは私たちを見ていたから。体を起こすのは、いずれにしろつらすぎた。

私たちは二人組で進んでいた。歩きながらしゃべっていた。過去についても話したが、過去は非現実的になっていた。だから将来について話すことのほうが多く、未来は確実なものになるのが常だった。私たちはたくさんの計画を立てた。とめどなく未来の計画を立てつづけた。

正午に雨が激しくなった。泥沼と化した畑はもはや見えなくなっていた。

遥か遠くに廃屋があった。その家は私たちのための家ではなかった。休憩のあと、ＳＳはすでに列を再編成するようにと号令をかけていた。私たちはシバムギの根と泥だらけの土くれをまた掘りおこしにいくものと諦めていた。だが隊列は耕作地を追い越していった。ジュヌヴィエーヴが言う。「私たちをあの家で雨宿りさせてくれればいいのに……」。それは私たちみんなの願望を言い表していた。いつもなら願望を口にしても全く実現不可能だとわかるだけだった。それなのに、私たちはその家に向かっている。その家の目の前にまで近づいている。隊列が止まる。ＳＳの一人が、そこに入るように、だがもし騒音を立てたらすぐにでも追いだすぞと叫ぶ。信じられるだろうか？

私たちは教会にでも入るようにその家に入る。解体途中の農家だ。彼らは全ての農家を取り壊し、垣根や塀を取り除いて、庭を平地にして広大な領地にする。ここではそうやって小さな耕地を清算するのだ。まずは農夫たちが清算されていた。この家には黒いペンキで「J」の文字が記されている。ユダヤ人たちが住んでいたのだ。

　私たちは濡れた石膏の臭いの中に入っていく。寄木張りの床板と壁紙が剝がされていた。ほとんど全ての扉と窓も。私たちは瓦礫《がれき》の上にじかに座る。ワンピースとベストがよけいに冷たく感じる。最初に入った女たちは壁際の席を確保し、壁にもたれかかっている。あとから入った者たちは座ることのできるいたるところでひしめきあっている。

　家というものがどんなものか忘れていたかのようにこの家を見つめていた私たちは、忘れていた言葉を取り戻す。「結構きれいな部屋じゃない」――「そうね、明るいし」――「ここに食卓があったんでしょうね」――「それかベッドね」――「違うわ、ここはダイニングルーム。そこの壁紙見てよ。まだぶらさがってる壁紙の切れ端があるでしょ。私なら暖炉のそばのこの場所に長椅子を置くわ」――「素朴なカーテンが似合いそう。ほら、トワル・ド・ジュイ[23]とか」。

　古艶の出た、快適で親しみ深いあらゆる家具で家が飾られていく。そこにディテールが付け加えられて家は完成する。「長椅子のそばにはラジオが一つ要るわね」――「ここに二重窓があるのね。多肉植物を育てられるわ」――「多肉植物が好きなの？　私はヒヤシンスのが好き。水に球根を浸すと早春に花を咲かせるのよ」――「私はヒヤシンスの匂いって好きになれない」。

女性指示者《アンヴァイゼリン》たちは他の部屋で休んでいた。ＳＳたちは彼女たちの横でうとうとしている。私たちは身を寄せあう。私たちの熱気で、濡れた衣服から湯気が出て、窓の隙間のほうに立ち昇っている。家は暖まり、人の住む家のようになっている。快適だ。私たちは雨を眺めながら、晩まで降りつづくようにと願っている。

晩

　ホイッスルの合図で道具を置き、きれいに洗い、きちんと山積みにして片付けなければならない。整列——黙って——動かずに——女性指示者《アンヴァイゼリン》とカポたちが数える。間違えた？　数えなおす——唸る——二人足りない——思いあたる。午後のあの二人だ。鋤の上に崩れ落ちた二人。すぐさま復讐の女神《フリアエ》たちが襲いかかり、二人を殴りに殴った。他の人が殴られるのを見るのに慣れることはない。打ったところでどうなるものでもなかった。鋤が血の気の引いた手から離れ、目からはいのちが消え、まなざしは懇願をやめた。その目は何も語らなかった。もう動かなくなった二人の女たちに復讐の女神《フリアエ》たちが襲いかかっていた。打たれても反応しなくなったら、なすべきことはもう何もない。彼女たちを運ぶこと。私たちは土手沿いの乾いた草地のところに彼女たちを丁寧に運んでから、鋤で耕しに戻ったのだった。

　今欠けているのは彼女たちだ。誰もが知ることなく尋ねあう。口から口へと彼女たちの名が囁かれても、どんな感情も表れない。私たちは疲れすぎている。ベルトとアンヌ‐マリーが死んだわ。ベルトってどの？　ボルドー出身のベルトよ。彼女たちは今朝出発のときに点呼の数に入っていたから、帰りも点呼の数に入っていなければならない。彼女たちを運ばなければいけなくなる。誰も動かない。無意識に誰もが頭を下げ、群れのうちに紛れて目立たないように、指名されないようにしている。あまりにも疲れはてているから、自分の脚があとどれくらい歩けるかをおそるおそる測っている。ほとんど全員が他の人の腕にのしかからなければ歩くこともできない。女性指示者《アンヴァイゼリン》たちは列に引き返してきて、私たちの顔つきと足を観察している。彼女たちは最も強い者を選びだそうとしているのだ。自分より弱っていない人にもたれかかっている女たちは、この最後の頼みの綱を奪われることをおそれている。自分を支えてくれるこの腕を離れてどうやって帰れるだろう？　女性指示者《アンヴァイゼリン》たちは一番ましな靴を履いた、大柄な女たちを探している。「おまえ《ドゥ》、おまえ《ドゥ》、おまえ《ドゥ》」と三人の女を呼ぶ。それから他の女たちも指名される。私たちは切り離され、死者のほうに向かう。途方に暮れて彼女たちを見る。どうやって彼女たちを運べばいいのか。女性指示者《アンヴァイゼリン》たちは各々が四肢を持てと命じる。それから早くしろと。

　私たちは仲間のほうに身を屈める。彼女たちはまだ硬直していない。くるぶしや手首を摑むと体が折れまがり地面まで折れてしまうから、体を高い位置に持ちあげておくことができない。膝と肩を持ちあげたほうがましであるはずだったが、うまく持てなかった。やっとのことでやり遂げる。私たちは隊列の最後尾に並ぶ。再び数えられる。今度こそ数が合う。隊列が動きだす。

何キロ歩かなければならないのだろう。私たちは、彼女たちのためにどれほどの距離の努力を強いられるのか測ろうとする。とてつもない。[24]

隊列が動きだした。

最初、私たちが運んでいるのはベルトとアンヌ‐マリーだ。だがすぐにそれは重たすぎる荷物でしかなくなり、動くたびに手からずり落ちそうになる。出発してすぐに私たちは列から遅れた。速度を落として、と最前列に伝えてくれるように頼む。隊列はまだ速度を落とさずに進んでいる。先頭にはカポの女がいる。いい靴を履いている。彼女は急いでいる。

ＳＳたちが私たちの後ろを付いてくる。彼らがブーツを引きずっているのは私たちの進み方があまりに遅いからだ。女性指示者《アンヴァイゼリン》が彼らと笑っている。彼女は彼らに下品な冗談を言いながらダンスのステップを踏んでみせる。彼らのほうは楽しんでいる。

青白い晩で、暖かいと言っていいくらいだ。我が家では若葉が芽吹いているにちがいない。一人のＳＳがポケットからハーモニカを取りだす。彼が吹きはじめると、私たちは苦痛のあまり気分が悪くなってくる。

私たちは、誰か代わってと呼びかける。誰も耳を傾けない。誰も来ない。自分に交代できる力があると思える者などいない。私たちは身を折り、引き裂かれそうになりながら、ますます四苦八苦する。

カルメンが割れた板の切れ端が溝に落ちていることに気づく。私たちは仲間を道路に下ろして、その板を拾いあつめにいく。SSたちは待っている。二人目の男はナイフを取りだし、棍棒に使おうと木の枝の皮を剝いでいる。女性指示者《アンヴァイゼリン》はハーモニカに合わせて歌いだす。彼女が歌っているのは「待ちましょう」[25]だ。彼らのお気に入りの歌。

私たちは二枚の板に交差させるようにそれぞれの死体を置き、板の先端を握って再び出発する。カルメンが言う、「覚えてる、リュリュ？　母さん私たちによく言ってたわね、こういう汚い木材には触っちゃだめ、トゲが刺さって厄介な瘭疽《ひょうそ》[26]ができるよって」。私たちの母。最初、この運び方はましに思えていたが、少しすると死体が滑り、真ん中で体が折れて落ちてしまう。一歩進むごとにこの無気力な死体とこの板の位置を調整しなければならない。SSたちは順番にハーモニカを吹き、笑いながらハミングする。彼らは騒々しく笑っていて、若い女のほうはもっとうるさい。

隊列は先に進んでいく。私たちはそれでも不可能に思われた努力を続ける。一台のトラックが到着する。道を譲るために隊列は道路の片側で止まる。私たちはその機に乗じて少しでも前進しようとする。トラックは、昼に建設現場に運ばれてきたスープのドラム缶を回収する便だった。建設現場はそこらじゅうにある。遥かそこらじゅうに鋤とスコップの山がある。トラックの運転手はブレーキをかけ、SSたちとしゃべっている。私の近くにいるのはハーモニカを手にしたSSだ。まだ少年。十七歳くらいに見える。私の一番下の弟くらいの齢。

私は彼に話しかける。「収容所に帰るあのトラックに私たちの仲間を乗せてくれない？」彼は馬鹿にしたようにニヤニヤし、ぷっと噴きだした。笑いに笑っている、何て可笑しな頼みだと言わんばかりに！　彼が全身を揺さぶって大笑いしていると他の人にも笑いが伝染し、あの若い女がけたたましく笑って私の頬をはたく。私は恥ずかしくなる。どうして彼らにものを頼むなどということができるだろう？　トラックは遠ざかっていく。

　とはいえ、もうたくさんだ。彼らも、緩めた鎖の先で飛び跳ねる犬を連れて呑気に散歩する時間はもう十分だと気づく。ハーモニカをしまい、犬たちを後ろ脚で立たせて怒鳴る。「おい、もっと急げ《シュネラー・イエッツ》！」私たちは身を固くする。かかとの上に犬たちが迫る、今は隊列に追いつかなければならない。

　しなければならない。しなければならない。

　しなければならない……何故、しなければならない？　だって私たちには犬に殺されようが棍棒に殺されようが、青白い晩にこんな路上ですぐさま死んでいくことに変わりないじゃないか。違う。しなければならない。たぶん、さっき彼らが笑ったせいで。しなければならない。

　私たちは隊列に合流することができる、もう少しでできそうだ。誰か引き継いでほしいと私たちは仲間たちに懇願する。二人が来てくれる。彼女たちは特にぐったりと弱っていた二人と代わる。私たちは立ち止まることなく手を組み替える。ふくらはぎには犬の口が迫る。

合図一つ、鎖のひと振りで、犬たちは噛みついてくるだろう。私たちは滑り落ちるこの死体、置きなおしてもまた滑り落ちるこの死体たちと一緒に歩いている。彼女たちの足は道路の土を削り、逆さになった頭はほとんど地面に触れている。私たちにはこれ以上、白目を剝いたその頭を見ることができない。ベルト。アンヌ‐マリー。運んでいないほうの手で、私たちはしばらくその頭を支える。諦めなければいけない。私たちがまぶたを下ろす勇気のなかったこの頭を見捨てなければならない。

私たちは見ない、涙が顔を流れ落ちるから、泣いてはいないのに涙が流れるから。疲労と無力さに涙が流れる。そして私たちは、それが生きているとでもいうかのように、この死んだ肉の中で苦しんでいる。太腿の下に当たっている板がひっかき傷をつけ、腿を切り裂く。ベルト。アンヌ‐マリー。

私たちは死体の手がぶらさがらないように胸の上で組ませてみる。手を胸の上に固定しなければならない。歩いて揺さぶられるたび手はぶらさがり、私たちの脚を打つ。

私たちの後ろのSSたちは軍隊の行進をしている。散歩は終わりだと彼らは言う。手に持った犬の鎖を短くして。犬たちが私たちのごく近くに迫ってくる。私たちは振り向かない。これ以上、犬たちの鼻先や熱く荒い息遣いを感じないように、四倍になった彼らの足音、興奮して道端の砂利を爪でがりがりと引っかく犬たちの足音を聞かないように努力する。これ以上、棍棒が私たちに振りおろされる音を聞かないように。今や完全に皮を剝がれた棍棒は湿って白っぽくなっている。

私たちは緊張して歩く。心臓が鳴り、破裂しそうなほどに高鳴るなか、考える。私の心臓はもたないだろう、私の心臓は屈するだろう。まだ屈していない、まだ持ちこたえられる。あと何メートル？　私たちの不安はその数キロメートルを分解し、あと何歩か、何メートルか、何本分の電柱を通り、何回曲がり角を曲がるかと問う。私たちは毎回、電柱一本分、あるいは曲がり角一回分を数え間違う。そこは平原、沼地に覆われた平原で、見渡すかぎり何も目印はなく、時には霜が降りて赤く染まった樹林があるものの、それは絶えず他の樹林と混じりあっている。そして絶望が私たちを打ちのめす。

でも、しなければならない。しなければならない。

近づいてくる。収容所が近づいてくるとその臭いが鼻を突く。腐乱死体の臭い、下痢の臭い。これらの臭いには、もっと濃厚な、息を詰まらせる焼却炉の臭いがまとわりついている。収容所内にいるときには臭いは感じない。晩に戻ってくると、どうやったらこんな悪臭の中で息ができるのだろうと不思議になる。

この場所に、この臭いがわかる場所まで来たら、あと二キロ【27】のはずだ。

小さな橋を越えると歩調が速まる。あと一キロ【28】。

どうやってその道のりを私たちが乗り越えられたのか、私にはわからない。入り口の前で、私たちの隊列は他の隊列に道を譲るために立ち止まった。私たちは重荷を下ろした。再び持ちあげなければならなくなったときにはもう無理だと思った。

入口で私たちは姿勢を正した。あごを引き締め、高みを見あげた。それは私たち、ヴィヴァと私が交わしあっていた誓いだった。ドレクスラーとタウベの前では、頭を高く持ちあげること。私たちはこんなふうにも言ったものだった。「頭を高く、もしくは足を前に」。ああ、ヴィヴァ。

通路で数を数えている例の女SSは、ステッキで尋問する。「フランス人の女《ツヴァイ・フランツェーズィネン》が二人」と、女性指示者《アンヴァイゼリン》がうんざりして答える。

私たちは点呼に仲間たちを運んでいく。そのため一列が二列になる。四人の運び手と、その前に横たわる彼女たちの死者。

今度はユダヤ人女性たちの労働部隊《コマンド》が帰ってくる番だ。今晩の彼女たちには二つの死体がある。私たちと同じだ。でも彼女たちには毎晩死体がある。彼女たちは自分たちが取り壊した家から取ってきた扉の上に死体を置き、肩に乗せて持ちあげていた。彼女たちは努力に顔を歪ませている。私たちは彼女たちに同情する。嗚咽が込みあげるほど同情している。死者たちはきちんと平らに寝かせられている、まっすぐ空に向けられた顔。私たちは思う。私たちもあんな扉を持っていたらよかったのに。

点呼はいつものように長かった。私たちにはいつもより短く感じられた。私たちの心臓は胸をいっぱいにして、強く強く早鐘を打ち、独りでいると腕時計のように私たちに付いてきた。そうしてあらゆるものを支配するこの心臓が、少しずつ、ゆっくりと、その空洞を取り戻し、そこに身を落ちつけるのに耳を傾けていると、鼓動は間隔を空け、間隔を空けて鎮まっていった。そしてもう心臓の聞き慣れたリズムしか聞こえなくなってからも、私たちは孤独の縁に立たされているかのように動揺していた。

私たちの手が涙を拭ったのはそのときだった。

点呼は反射鏡が有刺鉄線を照らすまで、夜になるまで続いた。

点呼のあいだじゅうずっと、私たちは彼女たちを見なかった。

ある死体。ネズミに食われた左目。睫毛に縁どられ、見開かれたもう片方の目。
あなたたちは見ようと努力するがいい。試しに見てみればいい。

もう付いていくことのできない、ある男。犬が彼の肛門に食らいつく。男は立ち止まらない。二本足で後ろを歩く犬と一緒に彼は歩く、犬の口は肛門に食らいついたまま。男は歩く。叫び声は上げなかった。ズボンの縞模様に血が付いている。内側から、吸い取り紙の上に置かれたように広がっていく一点の染み。
男は肉に食いこむ犬の牙と一緒に歩いている。

あなたたちは見ようと努力するがいい。試しに見てみればいい。

二人の女に腕で引きずられている、ある女。ユダヤ人だ。彼女は第二十五ブロックには行きたくない。二人の女が彼女を引きずっている。彼女は抵抗する。両膝は地面の土を削りとる。両袖を引っぱられた服は首まで持ちあがっている。乱れたズボン――男性用ズボン――は後ろに引きずられ、裏返しになってくるぶしまで落ちている。皮を剝がれた一匹の蛙。裸の腰、血と膿《うみ》で汚れた貧弱な穴のある尻。

彼女は唸る。両膝が砂利ですりむけている。

あなたたちは見ようと努力するがいい。試しに見てみればいい。

アウシュヴィッツ

私たちが通ったその町は
奇妙な町だった。
女たちは帽子をかぶっていた
巻き髪の上に置かれた帽子。
彼女たちは短靴とストッキングもはいていた
普通の町にいるように。
この町に住んでいるどの人にも
顔がなく
そのことを白状しないために
私たちが通りすぎると誰もが顔を背けた
子どもでさえ
紫のホウロウ製の脚

その高さほどもある牛乳缶を手に
私たちを見て逃げていく。
私たちはこの顔のない存在たちを見つめていた
すると私たちを驚かせていたのは私たちなのだった。
私たちはがっかりしてもいた
見たかったのは商店に並ぶ果物や野菜だったから。
そこにはブティックもなく
あるのはショーウィンドウだけ
私の姿をそこに見つけられたらよかったのに
ガラスの表面を上滑りする列の中に。
私は片腕を上げた
でも誰もが自分の姿を見つけたくて
みんな腕を上げていたから
誰も自分がどれなのかわからなかった。
駅の時計で時刻がわかった
私たちはそれを見て嬉しかった
時刻は本物だったから

それから赤ビーツの倉庫に着くと心が軽くなった
私たちがこれから働く場所
この町の反対側の
朝、めまいを起こしそうになりながら通ってきたこの町の

マネキン

道路の向こう側には、ＳＳたちが犬たちを調教しにいく一画がある。彼らが二匹ずつ犬を繋いだ鎖を引いてそこに向かうのが見える。先頭を歩くＳＳは一体のマネキンを運んでいる。私たちと同じような服を着た大きな人形だ。色褪せ、垢だらけで、袖も長すぎる縞模様の囚人服。ＳＳは片腕で人形を運んでいる。砂利を削りとる足をかまわず引きずっていく。彼らは人形の足に木靴さえ履かせていた。

おまえは見てはいけない。地面を引きずられるこのマネキンを見てはいけない。おまえの姿を見てはいけない。

日曜日

日曜日の点呼はいつもより始まるのが遅かった。いつもより夜明けの迫る時刻。日曜日には隊列は外には出かけなかった。収容所の中で働いていたのだ。日曜日は誰もが最もおそれている日だった。

その日曜日はとても天気がよかった。空をほんのり赤く染めることも火の海にすることもなく日が昇った。春の一日のように、日が昇るとすぐに空が青くなった。陽射しも春の日と同じだった。家や庭のこと、この季節初めてのお出かけのことを考えてはいけない。考えてはいけない。考えてはいけない。

ここで最も美しい季節が最悪の季節と違っているのは、雪と泥が埃に代わるということと、悪臭が増し、太陽が雪よりも景色を荒廃させ絶望的に見せるということである。

点呼の終わりのホイッスルが鳴る。列を保ち、ゆっくりと第二十五ブロックに向けて行進を始めなければならない。日曜日ごとに行き先は違っていた。第二十五ブロックに、どうして？　私たちはこわくなる。誰かが「第二十五ブロックは全員入れるほど広くないわよ。私たちは直接ガス室行きかも」と言ったので、私たちは震えあがる。

　彼らは何をしようとしているのか？　私たちは待つ。長いあいだ待つ。男たちが手にスコップを持って到着するまで。彼らは溝のほうに向かう。その週のあいだ、有刺鉄線と収容所の内部を隔離している溝が深く掘りすすめられていた。自殺者が多すぎるのだろうか？　それは夜のあいだに聞こえる銃声だ。誰かが有刺鉄線に近づくと、監視塔の見張りは彼女が柵に辿りつく前に銃の引き金を引く。それで、どうして溝なのか？

　一体どうして？

　男たちはスコップを手に、溝に沿って自分たちの持ち場につく。

　隊列はインディアンの縦隊のように長くなっていく。縦一列に並んだ何千人もの女たち。果てしなく続く一列。私たちは付いていく。先を行く女たちは何をしているのか？　彼女たちが男たちの手前を通りすぎ、エプロンを差しだすのが見える。男たちはそこに溝から掘りだしたスコップ二杯分の土を載せる。あの土をどうするのか。私たちは付いていく。彼女たちは走りはじめる。私たちは走る。すると棍棒と革の鞭の打撃が襲いかかる。顔と目を守ろうとする。上からうなじや背中を打たれる。早く《シュネル》、早く《シュネル》。走ること。

　縦列の両側で、カポと女性指示者《アンヴァイゼリン》たちが唸っている。もっと早く《シュネラー》、もっと早く《シュネラー》。唸り、叩く。

　私たちは自分のエプロンを土でいっぱいにして走る。

私たちは走る。縦列は保ったまま崩してはいけない。

私たちは走る。

門。

そこは復讐の女神たち《フリアエ》が最もひしめいている場所だった。スカートと半ズボンのＳＳたちも加わっていた。走ること。

門を越えたら左に曲がり、溝の両端に渡されたぐらつく板の上を渡ること。板の上を走って通りすぎること。前に後ろに棍棒の打撃。

走ること。唸り声が指示する場所でエプロンを空にすること。

熊手を手にした他の者たちが、運ばれてきた土を均《なら》している。

走ること。有刺鉄線に沿って。そこをかすめないこと、ランプが赤く灯っている。

帰り道でまた門を越えること。通路は狭い。さらにもっと早く走らなければならない。かわいそうに、そこで転んだ女たち、彼女たちは踏まれてしまう。

走ること。シュネラー。走ること。

男たちの前に引き返し、エプロンを再び土で満たしてもらうこと。

彼らも急いでやらなければならない、殴られるから。スコップをいっぱいにしても彼らは殴られる、私たちも殴られる。

エプロンが土でいっぱいになると棍棒で打たれる。シュネラー。

門のほうに走り、革の鞭や乗馬用の短鞭の下をくぐり抜け、動いてたわむ板の上を走ること。板の向こう端で待ちかまえている親衛隊長のステッキに気をつけること。熊手の下にエプロンの中身を空けて走り――棍棒で殴打する者たちが道を細く狭めているせいで――どんどん狭くなる通路を横切って門を越え、男たちのもとに走りスコップ二杯分の土を再び得て門に走ること、きりのないサーキットで。

彼らは収容所の入り口に庭園を一つ造りたいのだ。

スコップ二杯分の土はそこまで重いものではない。それは徐々に重くなる。重くなって腕の関節が動かなくなる。私たちは決死の覚悟でエプロンの端をわざと揺らして土を少しずつ漏らす。もし復讐《フ リ》の女神《アエ》たちの一人でもそれを目にしたら私たちをぶちのめすだろう。それでも私たちがそうするのは土が重すぎるからだ。

男たちの中にはフランス人が一人いる。私たちは彼が自分に土を入れてくれるように、うまくタイミングを計って走る速度を計算する。二言三言、言葉を交わそうとする。彼は牢獄の中で話し方を覚えた人のやり方で、唇を動かさず目も上げずにしゃべる。一言やりとりするためには三周しなければならない。

ロンドのスピードはもう落ちている。復讐《フ リ》の女神《アエ》たちはますます大声で怒鳴り、ますます強く叩く。渋滞ができる。女たちがくずおれ、仲間たちが彼女たちを助けおこし、そうするあいだにも他の者たちが打撃に追いたてられて後ろから押しよせ、走りつづけようとしているから。そしてまたユダヤ人たちが私たちよりも酷く打たれると考え、私たちの縞模様のワンピースのあいだに滑りこんでくるから。彼女たちを見るのは私たちには忍びない。彼女たちは奇妙な身なりのせいで見るも哀れだ。彼女たちにはエプロンがない。後ろ前にコートを着せられ背中のところをボタンで留めて、このコートの下のほうに土を入れて上着の縁を支えて運ばなければならない。彼女たちが案山子かペンギンのように見えるのは、逆さまになった袖が腕を邪魔しているからだ。ましてや破れた紳士用コートをはおっている女たちはといえば……ぞっとするほどの滑稽さ。

彼女たちがかわいそうだと思っても私たちはバラバラになりたくはない。私たちは助けあって身を守っている。誰もが仲間の近くにいることを望んでいる。仲間なら自分より弱っている者の前に立って身代わりに打たれてくれるし、もう走れない者の後ろに立って倒れたら体を支えてくれる。

例のフランス人男性は少し前に到着したばかりだった。シャロンヌ出身だ。レジスタンス運動はフランスで拡大している。彼と話すためなら私たちはどんなことでもできるだろう。門まで走ること――シュネル――通過すること――ヴァイター――溝の上に渡された板の上でよろめき――シュネラー――エプロンを空にすること――走ること――有刺鉄線に気をつけて――また門があり、踏まれてしまう女がいつだって一人はいる、まさしく今ステッキを持った将校が待ちかまえているのがそこだ――男たちのところまで走ってエプロンを広げること――棍棒の打撃――門まで走ること。錯乱したレース。

私たちは逃げだしてブロックの一つに身を隠そうと考える。無理だ、どの出口も棍棒で見張られている。柵をこじ開けようとする女たちはめった打ちにされる。

トイレに行くことは禁じられている。一分でも立ち止まることは禁じられている。

最初は速度を落とすほうがレースを続けるよりつらい。速度が落ちれば二倍打たれるから。時が経つと走らずに打たれることのほうがましになる、私たちの脚はもう言うことを聞かないから。でも速度を落とすやいなや、あまりにも酷い打撃が襲いかかるので私たちはまた走りだす。

女たちが倒れる。復讐の女神《フリアエ》たちは彼女たちを列から引っぱりだし、第二十五ブロックの扉のところに引きずっていく。そこにはタウベがいる。混乱が増す。ユダヤ人の女たちがどんどん私たちのあいだに増えてくる。一周ごとに私たちのグループはバラバラになる。でも私たちは何とか二人組で走りつづけることができる。この二人組は離れずにくっついて、入り口の通路で踏まれる女たちと他の人の上に倒れやしないかとおそれる女たちのパニックに巻きこまれたとき、互いに支えあい引っぱりあうのだ。錯乱したレース。

女たちが倒れる。ロンドは続く。走ること。ずっと走ること。速度を緩めないこと。立ち止まらないこと。倒れる女たち、私たちは見ない。二人組で支えあい、毎秒ごとに注意を怠らない。他人にかまっている暇はない。

女たちが倒れる。ロンドは続く。シュネル、シュネル。

花壇は大きくなる。サーキットも長くしなければならない。

走ること。徐々にたわんでいくぐらついた板の上を通過すること――シュネル――土をまくこと――シュネル――門――シュネル――エプロンをいっぱいにすること――シュネル――また門――シュネル――板。それは錯乱したレースだ。

何かを考えるために、私たちは打たれた数を数える。三十回、一周でそれくらいならましなほうだ。五十回、そこまでいくともう数えられない。

例のフランス人男性は見張られている。一人のカポが彼の脇にいるのだ。私たちはもう彼のところで土を載せてもらうことができない。何度か私たちは視線を交わす。歯のあいだで彼は言っている。「この野郎、この野郎」。新入りの男。彼は泣いている。私たちに同情している。彼の仕事は私たちほどつらくはない。彼はその場にいるだけで寒くもない。

私たちの脚はパンパンだ。表情も引き攣っている。一周ごとに私たちはいっそうばらばらになる。

走ること――シュネル――門――シュネル――板――シュネル――土を空にすること――シュネル――有刺鉄線――シュネル――門――シュネル――走ること――エプロン――走ること――走ること走ること走ることシュネルシュネルシュネルシュネルシュネル。それは錯乱したレースだ。

誰の目にもどんどん無様になっていく他の者たちの様子が映るが、自分のことは見えない。私たちの近くでユダヤ人の女が一人、縦列から外れる。彼女はタウベのほうに行って話しかける。彼は扉を開け、彼女に平手打ちを食らわせて第二十五ブロックの中庭の地面に叩きつける。彼女は諦めたのだ。タウベは振り向くともう一人の女を指して、彼女も第二十五ブロックの中庭に放り入れる。私たちは全力を振りしぼって走る。もう走れないと思われないように。

ロンドは続く。太陽は高い。午後だ。レースは続く、打撃と唸り声。一周ごとに誰か他の者が倒れる。下痢している女たちは酷い臭いがする。漏れた下痢が乾いて脚にこびりついている。私たちはいつまでもまわっている。いつまでまわらなければならないのか？　錯乱したレースを走るのは、錯乱した顔たちだ。

エプロンを空にしながら私たちは花壇がどこまでできているのか眺める。もう完成しただろうと思い込んでいたが、地層はまだ十分な高さになっていない。再開しなければならなかった。

午後は終わりに近づいている。ロンドは続く。打撃。唸り声。

タウベがホイッスルを鳴らし、復讐の女神たち《フリアエ》が「ブロックに！」と怒鳴ると、私たちは互いに体を支えあいながら帰宅の途に就いた。寝床に腰を下ろしても靴を脱ぐ気力さえなかった。しゃべる気力もなかった。私たちは今回ばかりはどうしてこんなことを成し遂げられたのだろうと思う。

翌日、私たちのうち何人もが医務室《レヴィル》行きになった。彼女たちは担架に乗せられて出ていった。

空は青く、陽射しが戻っていた。それは三月のとある日曜日のことだった。

男たち

彼らはそのバラックの前で待っている。静かに。目の中で忍従と抵抗が闘っている。忍従が抵抗を凌駕しなければならない。

一人のSSが彼らを見張っている。彼は男たちを突き飛ばす。理由はわからないが不意に跳びかかり、怒鳴り、殴りつける。男たちは黙ったまま列を正し、両手を体の脇に下ろしている。彼らはSSに注意を払うことも互いに気を配ることもない。誰もが自分自身のうちにこもって独りきりでいる。

彼らの中には状況を理解できないごく幼い男の子たちがいる。この子たちは男たちを観察し、重々しい雰囲気に呑みこまれている。

そのバラックに入る前に彼らは服を脱ぎ、衣服を折って腕にぶらさげる。男たちは天気がよくなってきてからは上半身裸で働いていた。裸になると骨に貼りつく白い股引を穿いているように見える。

待ち時間は長い。彼らは待っている、そして知っている。

それは医務室の構内に整備されたばかりの新しいバラックだった。何台かのトラックがニッケルのメッキをされた漆塗りの機材、ほとんど考えられないくらいに清潔さを尽くした代物を運んできたのだ。そのバラックはジアテルミー【29】とX線を備えた放射線撮影室になった。

私たちの収容所で男たちが治療されるのは初めてだった。男性収容所は下のほうにある。そこには医務室《レヴィル》があり、それは私たちの医務室よりいいと言われている。おそらくは、酷さがましだというだけだったが。何故男たちはここに送られたのか？　今からここでこの人たちを治療するのだろうか？

男たちは待ちつづける。静かに。色を失くした遠いまなざし。

一人ずつ、最初の一団が退出しはじめる。戸口でまた服を着ている。彼らは待っている男たちのまなざしから目をそらす。それでも彼らの顔が見えた人は理解する。

彼らの仕草のうちに表れる苦悩をどう言えばいいだろう。彼らの目に浮かぶ屈辱を。

女たちの場合は、不妊手術を施されるために外科にいた。

それの何が問題なのか？　だって彼らのうちの誰も戻れるはずがないのだ。だって私たちのうちの誰も戻ることはないのだ。

会話

「あ、サリー！　私が頼んだこと考えてくれた？」

サリーが収容所通り《ラーゲルシュトラーセ》を走ってくる。服装で彼女がエフェクツで働いていることがわかる。ユダヤ人たちの荷物や、収容所に到着した人たちがホームに置き去りにした荷物を含むあらゆるものを、選別分類して片付ける労働部隊《コマンド》だ。エフェクツで働いている女たちはあらゆるものを持っている。

「ええ、マ・シェリ、そのことは考えたんだけど今すぐにはないの。八日間も輸送列車が到着してなくて。今夜は一本待ってるわ。ハンガリーから。ぎりぎりだったのよ、私たちももう何もなかったから。じゃあね、また明日。あんたの石鹸持ってきてあげる」。

収容所内には水場が設置されたばかりだった。

司令官

金髪の男の子が二人、実った麦穂の芒《のぎ》のような髪、剥きだしの脚、裸の上半身。二人の小さな男の子。十一歳と七歳。二人は兄弟だ。二人とも金髪に青い目、褐色の肌。もっと色の濃いうなじ。

大きいほうが小さいほうを叱る。小さい子は機嫌が悪い。この子はぐずっていて、ついには駄々をこねてこう言う。

「やだやだ、いつもそっちばっか」

「当たり前だ。俺はでかいんだ」

「やだ、ずるいよ、僕一回もやってないもん」

役を決めなければいけないから、兄がしぶしぶ提案する。

「わかったよ、聞けって。もう一回これでやって次は交替しよう。次から代わりばんこでやろう。いいか?」

小さいほうは鼻をすすって、寄りかかっている壁から不満げに離れ、気難しそうに陽射しに目を細めながら、足を引きずって兄に付いていく。兄のほうは弟を揺さぶる。「来たか？やろうぜ？」と彼はやりたかった役を演じはじめる。それとともに小さい子がちゃんと自分の役を演じて付いてきているか窺う。小さいほうは待っている。まだ演技を始めていない。兄の準備ができるのを待っているのだ。

大きいほうは身支度をする。ベストのボタンを留め、ベルトを締め、脇にしっかり剣を滑りこませてから開いた両手で軍帽を頭に被せる。そうっと、袖口で軍帽の縁を磨き、目の上に被さる軍帽のつばに触れる。

自分の役の衣装を身に着けるやいなや、彼の表情は厳しくなり口元も引き締まる。唇が薄くなる。頭をのけぞらせ、軍帽のつばのせいで前が見えにくそうな目を上げ、体を反らせる。左手を背中にまわして手のひらを外側に向け、右手で空想上の片眼鏡の照準を合わせて周囲を見まわす。

だがそこで彼はあたふたする。何かを忘れたことに気づいたのだ。彼は乗馬鞭を探すために、いったん役を演じるのをやめる。草むらの中にあったのは本物の乗馬鞭だ——彼がいつも使っているしなやかな枝——再びポーズをとってブーツを乗馬鞭で軽く叩く。準備完了。彼は振り返る。

瞬くまに小さいほうも自分の役を演じはじめる。彼のほうは兄ほど手が込んではいない。兄が一瞥を与えて初めて背筋をぴんと張り、すぐに一歩進んで停止し、かかとを鳴らす——

その音は聞こえない、彼は裸足だ——右腕を上げ、まっすぐ前を見つめる、無表情に。もう一人は、短くいいかげんな見下した敬礼で応じる。小さいほうが腕を下げ、またかかとを鳴らすと、大きいほうは行進を始める。背筋を正しあごを持ちあげ、不遜な口元で、親指と人差し指のあいだで軽やかに乗馬鞭を動かし、剝きだしのふくらはぎを打つ。小さいほうは距離を取って付いていく。彼の行進は兄ほど堅苦しくない。一介の兵士。

　彼らは庭を横切っていく。四角く刈られた芝生の庭で、芝生を縁どるように花々が並んでいる。彼らは庭を横切っていく。司令官は視察するかのように高みから見下ろす。従卒が続くが何も見ていない、ぼうっとしている。兵士。

　庭の奥、薔薇の立木の垣根の近くで彼らは立ち止まる。まずは司令官、二歩後ろに従卒。司令官は自分の位置について、膝を軽く折りまげた右脚を少し前にして、片手を腰に、乗馬用の短鞭の真ん中を握ったもう片方の手を股関節に当てる。彼は薔薇たちの上に君臨している。意地悪な顔になり数々の命令を放つ。怒鳴る。「早く《シュネル》！　右《レヒツ》！　左《リンクス》！」彼の胸が膨らむ。「レヒツ！　リンクス！」今度は逆だ、「リンクス！　レヒツ！」——どんどん早く、どんどん強く。「リンクス！　レヒツ！　リンクス！　レヒツ！　リンクス！」——もっと早く、ますます早く。

　しばらくすると、命令されている囚人たちはもう付いていけなくなる。彼らは地面につまずき、足取りがおぼつかなくなる。司令官は怒りに蒼褪める。乗馬鞭を振りかざし、打って打って打ちまくる。動かずに両肩をいからせたまま眉毛を逆立てる。激高し、唸る、「シュネル！　シュネラー！　さっさとやれ《アーバー・ロース》！」、命令ごとに鞭を打ち鳴らしながら。

　隊列の端でだしぬけに、あってはならないことが起こる。兄が威嚇するように一跨ぎで弟に跳びかかると、弟は従卒の役を瞬時にやめる。彼は今では罪を犯した囚人を演じていて、背骨は折れまがり、両脚はもう体を支えようとはせず、顔は引き攣り、口は苦しみに歪められている、もう何もできない者の口。司令官は乗馬用の短鞭の手を持ち替え、右のこぶしを握りしめて囚人の胸のど真ん中に一発食らわせる――食らわせるふりをする、これは遊びなのだ。小さいほうはよろめき、大袈裟に体を揺らして芝生のあるところに倒れる。司令官は地面になぎ倒した囚人を軽蔑の目で見下ろし、唇によだれを溜める。もう怒りは鎮まっている。今や嫌悪感しかない。彼は囚人にブーツで足蹴りを食らわせる――ふりをする、彼は裸足で、これは遊びなのだ。だが小さいほうも遊び方を知っている。弛んだ袋のように、足で蹴られるとひっくり返る。伸びきって、口を開けて死んだ目をする。

　そのとき大きいほうが、彼の周りにいる見えない囚人たちに棒で指図し、命令する。「焼却炉行きだ《ツム・クレマトーリウム》」、そして離れていく。背筋をピンと伸ばし、満足しつつも、うんざりして。

　収容所の司令官は、電流の通った有刺鉄線の外のすぐ近くに住んでいる。レンガ造りの一軒家で、薔薇と芝生の庭が一つあり、青く塗られたプランターには色鮮やかなベゴニアが咲いている。薔薇の垣根と有刺鉄線のあいだには焼却炉に続く道がある。死者たちを運ぶ担架が通る道だ。日がな一日、死者たちは運ばれつづける。日がな一日、煙突は煙を吐いている。時間帯によって、この小道の砂利の上に落ちた煙突の影はその芝生の上に移動する。

司令官の息子たちはその庭で遊んでいる。彼らは馬やボールで遊んでいるか、あるいは司令官と囚人ごっこをして遊んでいる[30]。

点呼

今朝、点呼は終わらない。

女子ブロック長《ブロコーヴァ》たちは忙しなく動きまわり、人数を数えては数えなおしている。マントを着たSSたちがあちこちのグループにやってきたかと思うと事務所に入り、数を確かめるための書類を手にして出てくる。彼女たちはこの人間帳簿の数値を確かめているのだ。点呼はこの数値が正確に一致するまで続けられることになる。

タウベが到着する。彼が捜査の指揮を執る。犬を引き連れ、ブロックをくまなく探しまわりにいく。女子ブロック長《ブロコーヴァ》たちはいらいらして、誰かれかまわず殴りつけ鞭で打つ。誰もが一人足りないのが自分のブロックではありませんようにと祈っている。

待っている。

マントを着たSSたちは数字を吟味しては、もう一度人間足し算をやりなおしている。

待っている。

タウベが戻ってくる。見つけたのだ。彼は従えた犬にやさしく口笛を吹き、興奮を煽る。

犬は一人の女のうなじを口でくわえて引きずってくる。

タウベはその犬を連れて、その女がいたブロックのグループにやってくる。数が揃った。

タウベがホイッスルを鳴らす。点呼は終わる。

誰かが言う。「彼女が死んでたことを願いましょう」。

リュリュ

朝からずっと私たちはこの溝の底にいた。私たちは三人だった。労働部隊《コマンド》はもっと向こうで働いていた。カポたちが私たちのところに足を伸ばして、私たちがどこまでこの溝を掘りさげているか見にくるのは時々だけだった。私たちはおしゃべりすることができた。朝からずっと私たちは話していた。

話すとは帰還の計画を立てることだった。帰還できると信じることはチャンスを摑みとる一つの方法だったからだ。帰還を信じられなくなった女たちは死んだ。帰還できると信じなければならなかった。是が非でも、何が何でも、帰還を準備し細部にわたって具体化することで、この帰還に確実性を、現実味と色を与えなければならなかった。

時々、この共通認識を口にしていた一人がこんなふうに話を遮ることがあった。「でもどうやったら脱出できると思う？」すると私たちは我に返った。その問いは沈黙に呑みこまれるのだった。

この沈黙と、沈黙によって再び立ちこめた不安を振り払うために、もう一人があえて言いだす。「たぶんある日私たちは点呼に起こされなくなるのよ。たっぷり眠るでしょ。起きてみたらもう真昼間で収容所はシンとしてる。最初にバラックの外に出た人たちが衛兵所も監視塔も空っぽになってるのに気づくでしょうね。ＳＳは全員逃げだしてるのよ。何時間か経つとロシア軍の前衛部隊がやってくる」。

この予測にまた別の沈黙が応えた。

彼女は付け加えた。「その前に大砲の音を聞いてるのよ。最初は遠くに、それからどんどん近づいてくる。クラクフの戦いよ。クラクフが占領されたらもう終わり。ＳＳたちが逃げていくのが見えるわよ」。

彼女が詳述すればするほど私たちは信じることが難しくなるのだった。そして暗黙の了解によって私たちはその話題を離れ、また別の計画を立てはじめた。この実現不可能な計画には、気の触れた者たちが言うことと同じ論理があった。

朝からずっと私たちはしゃべっていた。カポたちの怒鳴り声を聞かずにすんだので、労働《コマ》部隊《ンド》から離れたことを喜んでいた。怒鳴り声を区切る棍棒の打撃を食らうこともなかった。時間が経つにつれ溝は深くなっていった。私たちの頭はもう地面から出ていなかった。泥灰土の層に達し、足は水に浸かっていた。頭の上に放り投げる泥は白くなっていた。寒くはなかった――寒さが和らぎはじめたばかりの一日だった。太陽が肩に当たって暖かかった。私たちの心は穏やかだった。

カポの女が不意を突く。怒鳴る。私の二人の仲間を溝から上がらせ、連れていく。溝はもう十分に深くなっているから完成させるのに三人もいらない。立ち去る彼女たちは、名残惜しそうに私に別れを告げる。他の人と引き離され独りにされたときに誰もが抱える不安を、彼女たちは知っている。私を勇気づけるために彼女たちはこう言う。「さっさとやって、また落ち合いましょ」。

この溝の底に独りで取り残され、私は絶望に襲われる。他の人がそばにいて言葉を交わすことで帰還は可能になる。彼女たちが行ってしまうと私はこわくなる。独りでいるときには帰還できるとは思えない。彼女たちといれば彼女たちが絶対に帰れると信じているように見えるから、私も信じる。でも彼女たちが離れたとたん、こわくなるのだ。独りでいるときには誰も帰還できるなどとはもう思えない。

この溝の底に私はいる、独りで、あまりに気力を喪失しているので、この一日は終わるのだろうかと自問する。ホイッスルが仕事の終わりを合図し、収容所に帰るために隊列を組みなおし、五列に並んで腕を貸しあいながらおしゃべりする、気晴らしのためにおしゃべりするときまであと何時間あるのか？

私は独りでここにいる。もう何も考えることができない、何を考えても私たちみんなに付きまとう不安に突きあたってしまうから。どうやってここから出られるのか？　いつここから出られるのか？　もう何も考えたくない。もしこれが続けば、誰もここから出られなくなるだろう。まだ生きている女たちは毎日、八週間ももったのは奇跡だと言いあっている。一週間以上先の自分を思い描くことのできる者など一人もいない。

私は独りきり、おそれている。掘ることに集中しようとする。仕事ははかどらない。私はこの溝の底の盛りあがった最後の土を平らに均そうと取りかかる。カポの女はたぶん、それで十分だと判断するだろう。それから背中が痛み、背骨のアーチで麻痺し、スコップのせいで肩が外れ、何杯もの泥灰土を溝の縁の向こうに放り投げる力がもう腕にはないのを感じる。私はそこにいる、独りきりで。泥の上に寝転んでしまいたい、寝転んで待ちたい。カポが死んでいる私を見つけるのを待ちたい。死ぬのはそれほど容易くはない。死にいたるまでスコップや棍棒で誰かを長時間打ち据えなければならないなんて、ぞっとする。

私はまた少し掘りすすめる。もう二杯分か三杯分の土を取り除く。つらすぎる。独りになるやいなや、こう考える。これが何になるのか？ 何でこんなことをしているのか？ 何故諦めないのか……今すぐにでも。他の者たちの中にいれば持ちこたえられる。

私は独りきり、早く仕事を終えて仲間たちと合流したいと切望しながら、投げだしたいという誘惑に耐える。何故？ 何故私はこの溝を掘らなければならないのか？

「もういい、それでよし！」頭上から唸り声が降る。「来い《コム》、早く《シュネル》！」私はスコップを使ってよじのぼる。何て腕がだるいんだろう、うなじが痛いんだろう。カポの女が走る。付いていかなければならない。彼女は沼地の端の道路を横切る。土木現場。蟻のような女たち。一方が他方に砂利を運び、他方は地固め用の槌《つち》を手に地面を均している。真っ平らになった広い空間に照りつける太陽。何百人もの女たちが立っている、陽射しにさらされ影の装飾帯《フリーズ》をなして。

続いて到着した私にカポの女は地固め用の槌と一緒にこて板を与え、あるグループのところに連れていく。私は目で仲間たちを探す。リュリュが「隣に来なさいよ、空いてるから」と私を呼び、私が隣に入れるように少し詰めてくれる。そこは地面を叩いている女たちの列で、彼女たちは両手に地固め用の槌を持って、持ちあげたり振りおろしたりしている。「ここに来て、稲をすりつぶして！」ヴィヴァはそれを動かすだけの力をどうやって出しているのだろう？　微笑みらしきものを作るためにすら、私は唇を動かすことができない。リュリュが心配している。「どうしたの、調子悪い？」

「ううん、悪くない。でももうできない。今日はもうできない」

「大した仕事じゃないわ。何とかなる」

「無理よ、リュリュ、どうにもならない。もうできないって言ってるでしょ」

彼女は何も答えられない。私がこんなふうに言うのを初めて聞いたのだ。現実的な彼女は私の道具を手に持って重さを測る。「すごく重いじゃない、この杵《きね》。私のを使って。ちょっと軽いから。あの溝のせいで私より疲れてるでしょ」。

私たちは道具を交換する。私も杵で砂利を叩きはじめる。私は同じ仕草をしているここの女たちみんなを見つめる。重たいかたまりを持ちあげる彼女たちの腕が徐々に弱り、カポたちが棍棒であの女この女を叩いているのが見える、そして絶望に我を失う。「どうやったらいつかここを出られるの?」

リュリュが私を見つめる。彼女は私に笑いかける。彼女の手が私の手に軽く触れ、私を励ます。そんなことしても無駄だと気づかせるために私は繰り返す。「今日はもうどうしてもできないって言ってるでしょ。今回ばかりは本当よ」。

リュリュは周囲を見回し、カポが今のところ誰も近くにいないのを見て、私の手首を摑んで言う。「私の後ろに隠れて見られないようにして。泣いていいのよ」。彼女はおどおどと低い声で言う。きっとそれは私にまさに必要な言葉だったのだろう、私は彼女の親切な後押しに従ったのだから。私は自分の道具を落とし、彼女の袖に縋ったまま泣いている。泣きたくなかったが涙が溢れだし、頰を流れ落ちていく。私はそれを流れるままにして、一筋の涙が唇に触れて塩辛くても泣きつづけている。

リュリュは働きながら周囲の動静を窺っている。時折振り返り、袖でやさしく私の顔を拭いてくれる。私は泣いている。もう何も考えないで泣いている。

リュリュが私を引っぱったときには、もう自分がどうして泣いているのかわからなくなっている。「もう終わり。仕事をして。あの女が来たわ」。思いやりに満ちた言い方だったので、泣いてしまったことも恥ずかしくはない。母の胸で泣いたみたいだった。

オーケストラ

それは門の近くの高台にいた。

指揮をしていた女はウィーンで名を知られていた。全員が素晴らしい音楽家たちだった。彼女たちは試験を受け、膨大な人数の中から選ばれた者たちなのだ。彼女たちは音楽のおかげで猶予を与えられていた。

何故なら、美しい季節にはオーケストラがなければならなかったから。あるいは新しい司令官が来たから。彼は音楽が好きだった。自分のために演奏を命じるとき、彼は音楽家たちにパン半分を余分に配らせた。そして到着した者たちが貨車から降りて列をなしてガス室に向かうとき、陽気な行進曲のリズムを演奏させるのが好きだった。

彼女たちは毎朝、隊列が出発するときに演奏していた。通りすぎるときは私たちが歩調を合わさなければならなかった。それから彼女たちはワルツの演奏を始めるのだった。他の場所で、消し去られた遠い昔に聞いたことのあるワルツ。それをここで聞くなんて耐えがたいことだった。

スツールに座って彼女たちは演奏していた。チェロ奏者の指を見てはいけない、演奏している彼女の目を見てはいけない、あなたたちはそれに耐えられないだろう。

指揮者の女の仕草を見てはいけない。ウィーンの大きなカフェで女性オーケストラの指揮をしていた過去の自分を、彼女はすでに茶化しているのだ。彼女がかつての自分のことを考えているのは明らかだ。

全員がマリンブルーのプリーツスカートを穿き、明るい色のブラウスを着て、ラヴェンダー色のスカーフを頭に巻いている。彼女たちはそんな服を着て、沼地に向かう他の者たちの歩みを鼓舞する。他の者たちは寝るときと同じ――そうしなければ決して乾かない――ワンピースを着ているのに。

隊列が出発した。オーケストラはもう少しだけ演奏を続ける。

見てはいけない、聞いてはいけない、特に彼女たちが「メリー・ウィドウ」[31]を演奏するときは。その演奏のあいだ、第二有刺鉄線の背後では男たちがあるバラックから一人ずつ外に出てきて、カポたちが裸で出てくる男たちを一人ずつベルトで打つのだ。

「メリー・ウィドウ」を演奏するオーケストラを見てはいけない。

聞いてはいけない。男たちの背中が叩かれる音と、ベルトが飛び交うときに留め金が立てる金属音しか、あなたたちには聞こえないだろう。

骸骨と化した裸の男たちが鞭打たれてよろめきながら出てくるときにも演奏を続ける音楽

家たちを見てはいけない。どうしたってこのバラックにはシラミが多すぎるから、男たちは消毒されにいくのだ。

　ヴァイオリニストを見てはいけない。彼女が演奏しているヴァイオリンは、イェフディ[32]の持ち物だったはずだ――イェフディが何マイルも先の海の彼方にいなかったとすれば。それはどのユダヤ人《イェフディ》のヴァイオリンだろう？

見てはいけない、聞いてはいけない。

自分のヴァイオリンを携えてきた全てのイェフディのことを考えてはいけない。

あなたたちはこう信じていた

あなたたちはこう信じていた　死にゆく者の唇は厳かな言葉しか語らないと
厳粛さはまさに死の床《とこ》で花開くから
寝台はいつでも華々しい埋葬のためにしつらえられ
傍らには家族
真摯な苦痛　その場にふさわしい空気。

裸で医務室《レヴィル》の床に臥《ふ》していた私たちの仲間たち、ほとんどみんなこう言った
「今度こそ私はくたばるわ」。

彼女たちは剝きだしの板の上で裸だった。

彼女たちは不潔で、板は下痢と膿で汚れていた。

彼女たちは、そのさまが生き延びた者たちの使命を難しくするということを知らなかった。

生き延びた者たちは死者たちの最期の言葉を両親に伝えなければならなくなる。両親が待ち

望んでいるのは厳粛な言葉だ。彼らを失望させることなどできない。下品な言葉は、末期の言葉の詞華集に値しない。

でも、自分自身に弱みを見せることは許されなかった。

だから彼女たちは言ったのだ、「私はくたばるわ」と——他の者たちから勇気を奪わないために

それに、彼女たちはたった一人生き延びる可能性にさえほとんど期待していなかったので、伝言になりうる言葉は何一つ託さなかった。

春

すでに肌の色を失くし、肉のいのちを失くしたこれら全ての肉体が、埃っぽい乾いた泥の中に広がり、ついには太陽に萎れてばらばらになっていた——どの肉も褐色がかり、紫がかり、灰色と化す——これらは埃の地面とすっかり混じりあっているので、そこに女たちを見つけ、女たちの乳房——空虚な乳房——のぶらさがった皺の寄ったこの皮膚の中から、その姿を見分けるには努力が必要だった。

ああ、牢獄の敷居で、あるいは長い通夜の色褪せた朝に死の敷居で、彼女たちに別れを告げるあなたたち、あなたたちは幸せだ。彼らがあなたたちの妻にしたことを、彼女たちの胸にしたことを見なくてすむのだから。死の敷居で、最後にもう一度あなたたちがそっと触れようとした彼女たちの胸、女たちのいつまでも柔らかな乳房、死の旅路に赴くあなたたちの心を強く揺さぶる柔らかな乳房——あなたたちの妻に——彼らがしたことを。

もはや瞳の輝きを失くした表情から顔を見分けるには努力が必要だった、灰色か土色の顔は朽ちゆく切り株から切りだされ、太古の浅浮彫りから取り外されたかのようにも見えたが、時を経ても突きでた頬骨の角が取れることはなかったのだろう――散らかった頭――髪のない信じがたいほどに小さな頭――不釣りあいな眉弓のあるミミズクの頭――ああ、まなざしのないこれら全ての顔――頭と顔と、埃っぽい乾いた泥の中に半ば倒れて、くっつきあう体また体。

ぼろきれの中から――これに比べればあなたたちがぼろきれと呼ぶものはラシャであるはずだ――土まみれのぼろ着の中からいくつもの手が飛びだしていた――手が飛びだしていたのはその手が動いていたから、指が折れて痙攣していたから、ぼろきれを引っかきまわし、腋の下を掘りおこし、親指の爪のあいだでシラミをつぶしていたから。シラミをひねりつぶした爪の上には血が褐色の染みを作っていた。

目と手の中にあるいのちの残りものが、こうした身振りの中でまだ生きていた――だが埃にまみれたいくつもの脚――傷が開き膿の滲む剝きだしの脚――埃にまみれたいくつもの脚は木製の杵のように生気がなかった――ぐったりと――ずっしりと

傾いた頭が木偶《でく》の頭のように首にくっついていた――ずっしりと

最初の太陽の熱を浴びた女たちはといえば、シラミを剝ぎとるためにぼろ着を剝ぎとり、結節と靭帯でしかなくなった首と、むしろ鎖骨と化した肩と、肋骨――輪――を乳房が少しも隠さない胸を露わにしていた

この女たちはみんな互いにもたれあい、埃っぽい乾いた泥の中で身じろぎもせず、知るこ

ともせず繰り返していた
――いや知ってのとおり、彼女たちは知っていたのだ――なおいっそうおそろしいことに彼女たちは翌日――あるいはごく近いいつかに――自分が死ぬはずの場面を繰り返していた
彼女たちは翌日、あるいはごく近いいつかに死ぬことになっているから
誰もが自分の死を千回死ぬのだから。
翌日、あるいはごく近いいつかに、雪と冬場の泥のあとに続く埃の中で彼女たちは死体になることになる。彼女たちは冬のあいだじゅう持ちこたえてきた――沼地で、泥の中で、雪の中で。でも最初の太陽の先まで長らえることはできなかった。
露わな大地に降りそそぐ、一年で最初の太陽。
大地は初めて、一歩ごとに脅威を与える過酷な要素――おまえが転べば、転ぶままにまかせたら、もう起きあがることはできない――ではなくなっていた。
初めて地べたに座ることができた。
初めて大地が露わになり、初めて乾き、めまいへと誘いこむことをやめ、地面に足を滑らせること――雪の中のように死へと足を滑らせることをやめ――忘却へと滑らせ――身を委ねさせ――腕や脚やたくさんの細かな筋肉に力を抜かず立ちつづけろと命じることを――生きつづけろと命じることをやめ――滑り落ち――雪の中へと滑らせ――雪が柔らかく抱擁す

る死へと滑らせることをやめた。
ネバついた泥と汚い雪は、初めて埃になった。
太陽にぬるまった、乾いた埃
埃の中で死ぬことはもっとつらい
晴れた日に死ぬことはもっとつらい。
太陽が光り輝く——東の国のように青白く。空はとても青かった。どこかで春が歌っていた。

私の記憶の中では春が歌っていた——私の記憶の中で。

その歌はあまりに突然訪れたので、それが本当に聞こえたのかどうかは定かではなかった。

夢の中で聞いているのだと思った。だから私はそれを打ち消そうとし、もう聞かないようにしようと、自分の周囲にいる仲間たちに絶望的なまなざしを投げた。彼女たちはそこで、バラックと有刺鉄線を隔てている敷地で日向に群がっていた。陽射しを受けた有刺鉄線はあまりに白かった。

その日曜日のことだ。

普通ではありえない日曜日。だってそれは、地べたに座ることを許された休日の日曜日だったのだ。

女たちはみんな乾いた泥の埃の中、惨めに群れをなして座り、この群れは汚物の上に群がる蠅を思わせた。おそらくはその臭いのせいで。あまりに濃密で酷い臭いがするので、空気の中ではなく他のもっとどろどろとぬめった液体の中で呼吸しているようで、この液体はこの土地の一画を覆って孤立させ、この土地に注ぎこまれる空気の中で身動きすることができるのは、それに適応できる存在――私たち――だけのようだった。

下痢と腐乱死体の悪臭。この悪臭の上、空は青かった。そして私の記憶の中では春が歌っていた。

何故、これら全ての存在の中で独り、私だけが記憶を保てていたのだろう？　私の記憶の中では春が歌っていた。何故こんな違いが？

柳の新芽が陽射しを浴びて銀色に輝く――一本のポプラが風にしなる――草木の緑があまりにみずみずしいので、春の花たちは思いがけない色に輝いている。春があらゆるものを軽やかな、軽やかな、うっとりさせる空気で浸す。春が頭を朦朧とさせる。春は、あちこちから弾け、弾けて、響きわたる、この交響曲なのだ。

響きわたるもの――弾けちりそうな私の頭の中で。

何故私は記憶を保てたのだろう？　何故こんな不公平が？

そうして記憶の中から呼び覚まされたものがあまりに貧弱なイメージでしかないので、私は絶望の涙に襲われる。

春、セーヌ川のほとりを散歩するとき。ルーブルのプラタナスは、チュイルリー庭園のすでに生い茂ったマロニエに比べると、とても繊細な彫り込み装飾のようだ。
春、職場の前のリュクサンブール公園を横切るとき。子どもたちが通学鞄を提げて散歩道を駆けてくる。子どもたちが。ここの子どもたちはどうか。
春、アカシアの木のツグミが窓辺で夜明け前に目覚める。すでに夜が明ける前からツグミは鳴く練習を始めている。まだ鳴き方がへたくそだ。まだ四月のほんの初めでしかないから。
何故私にだけ記憶が残されたのだろう？　それなのに私の記憶はお決まりの表現しか見つけることができない。「美しき船よ、おお、私の記憶よ[33]」……おまえはどこにいるの、私の本当の記憶は？　おまえはどこにいるの、私のこの世の記憶は？
空はとても青かった、その青は、白いセメントの柱と、同じように白い有刺鉄線の上であまりに青い、その青があまりに青いから、電流の通った鉄条網はよけいに白く、よけいに無慈悲に見えていたのだ、
ここにはどんな緑もない
ここにはどんな植物もない
ここにはどんな生者もいない。
電線の遥か彼方では春が舞い、春がそよぎ、春が歌う。私の記憶の中で。何故私は記憶を保てたのだろう？
敷石の鳴り響く道の思い出、市場の八百屋が陳列台で吹き鳴らす春の横笛《ファイフ》の思い出、目覚

めに黄金色の寄木張りの床板に突き刺さる陽射しの思い出、笑い声や帽子の、暮れなずむ空に鳴り響く鐘の音の、初めて着たブラウスやアネモネの思い出を、何故覚えていられたのか？

ここでは太陽は春の太陽ではない。それは永遠の太陽、創造以前の太陽だ。それなのに私は生きている者たちの地上を照らす太陽の、麦畑の大地の上の太陽の記憶を保っていた。

永遠の太陽の下、肉はぴくぴくと動くのをやめ、まぶたは青みがかり、両手は枯れ、舌は黒ずんで膨れ、口は腐る。

ここでは、時間の外では、創造以前の太陽の下では、目は輝きを失う。まなざしは消える。唇は血の気を失う。唇は死ぬ。

あらゆる言葉が長いあいだずっと萎れている
あらゆる語が長いあいだずっと色褪せている
イネ——セリの花——泉——一房のリラ——にわか雨——あらゆるイメージが長いあいだずっと蒼褪めている。

何故私は記憶を保てたのか。私は、春に口の中に湧いてくる唾液の味を思い出すことができない——ハーブの茎をすする味。風が戯れる髪の匂いや風の穏やかな手のひら、その柔らかさを思い出すことができない。

私の記憶は秋の落ち葉より血の気のないものだ

私の記憶は露を忘れてしまった
私の記憶はその樹液を失ってしまった。私の記憶はあらゆる血液を失ってしまった。
そのとき心臓の鼓動は止まらなければならない――打つことをやめなければならない――打つことを。

そのせいで私は助けを呼ぶ人に近づくことができないのだ。私の隣人。彼女はおまえを呼んでいるの？ どうして呼んでいるの？ 彼女の顔には不意に死が襲い、鼻翼には紫色の死が、眼窩の底に死が、焚きつけられた柴のようにねじれて絡みつく指に死が襲う。そして彼女は私には聞きとれない言葉を未知の言語で語っている。

青い空の上、有刺鉄線はとても白い。
彼女は私を呼んでいたのだろうか？ 今では動かない、汚れた埃の上に再び落ちた頭は。
有刺鉄線の遥か彼方で春が歌っている。
彼女の目が虚ろになった
そして私たちは記憶を失った。

私たちの誰も戻ることはないだろう。

私たちの誰も戻ることはないはずだった。

訳注

【1】ギリシア・クレタ島の港市イラクリオンのこと。

【2】ポーランド最長の川で、ヴィスワ川ともいう。国土を大きく横切り、アウシュヴィッツ近郊にも流れている。

【3】ユダヤ教の集会所、会堂。

【4】ユダヤ教の宗教的指導者、学者。

【5】ナチスドイツの強制収容所の囚人は、衣服の胸にそれぞれ該当する色の逆三角形（一般刑事犯は緑、政治犯は赤、ジプシーは茶色、エホバの証人は紫など）と囚人番号を記した布を縫いつけられ、ユダヤ人の場合は、その上に黄色の星を着用させられていた。縫いつけられた逆三角形の中には、ドイツ人を除いて国籍を示すアルファベットが記され（ベルギーはB、スペインはS、ロシアはR、ポーランドはPなど）、Fはフランス人を意味したが、ユダヤ人の場合には星の中に国籍は記されなかった（マルセル・リュビー『ナチ強制・絶滅収容所──18施設内の生と死』、カバー表紙。文献情報は本書「強制収容所用語」の〈参考文献およびウェブサイト〉を参照）。

【6】ローマ神話のメルクリウスの持っている伝令の杖で、二枚の小翼と二匹の蛇の飾りがある（ギリシア神話ではヘルメスのケリュケイオン）。本来は商売や交通の象徴だが、アスクレピオスの杖（医術のシンボル、一匹の蛇が杖に巻きついている）としばしば混同され医師の標識にも用いられる。

【7】一九六五年の初版では、このあとに次の二行があった。
「マグダは収容所に一年前からいた。／マグダは知っていた。」（Delbo, A, p. 27. 篠田浩一郎訳、二二頁。文献情報は訳者解説末尾のデルボー〈著作〉を参照）

【8】シャルロット・デルボーの九歳下の弟の名（Gelly & Gradvohl, p. 15. 文献情報は訳者解説末尾の〈引用文献〉を参照）。

【9】切断されて残った四肢のこと。原語は moignon.

【10】建築用語で、エンタブラチュア（柱頭の上部で横長に構築される帯状の部分）を構成する三つの水平帯の中間の幅広い部分。彫刻などで装飾されることが多い。

【11】ローマ神話に出てくる、復讐を司る三姉妹の女神（ギリシア神話のエリーニュス）。頭髪は蛇で、鞭と松明を手に、罪人を責めたてるとされ、怒り狂った女たちを表す語として用いられる。

【12】マルゴット・ドレクスラー（Margot Drechsel〔原語ではDrexler〕）は、アウシュヴィッツ・ビルケナウで権力を振るったSSの女性看守で、残虐な振る舞いによって知られる（*The Camp Women, the Female Auxiliaries Who Assisted the SS in Running the Nazi Concentration Camp System*, Daniel Patrick Brown, Schiffer, 2002, p. 20 and p. 62）。一九四四年十一月にフロッセンビュルクの収容所に移り、一九四五年五〜六月にソ連軍に捕まり処刑された。

【13】SSの将校アドルフ・タウベ（Adolf Taube）は、アウシュヴィッツ・ビルケナウ女性収容所第二十五ブロックの責任者だった。アウシュヴィッツ撤退の際に逃亡に成功し、その後見つかっていない（Gelly &

Gradvohl, p. 169)。

【14】初版ではこのあとに、「寒さから体を護ることができずにいた。」の一文があった。(Delbo, A, p. 57. 篠田訳、四四頁)

【15】ソ連のアストラカン(もしくはアストラハン)地方産の子羊の毛皮で、高級なもの。

【16】ナチスの強制収容所では数種類の点呼があり、ブロックごとの人数を確認するための点呼は人員点呼(ドイツ語でZählappell)と呼ばれていた。デルボーはこれをZell Appellと音写している。この人員点呼の他に、労働時の人数確認のための労働点呼や、収容所全体の人数確認のための全体点呼などがあった(リュビー、二一四頁)。

【17】羊毛や木綿などを使った、薄手で柔らかな平織物のこと。モスリン。

【18】ポーランド語のWstawać. 正確には「フスターヴァチ」と発音するが、デルボーはこれをStavacheと音写している。アウシュヴィッツの生存者でユダヤ系イタリア人のプリーモ・レーヴィもこのポーランド語の起床の号令が与える強烈さをしばしば語っている(プリーモ・レーヴィ『アウシュヴィッツは終わらない——あるイタリア人生存者の考察』竹山博英訳、朝日新聞社、一九八〇年、七三〜七四頁など)。

【19】モリエールの『女房学校』に出てくる登場人物の名前。一九三六年五月九日にアテネ座で初演された『女房学校』のアルノルフ役は、シャルロット・デルボーの雇用主だった俳優のルイ・ジュヴェが演じ、人気を博した(諏訪正『ジュヴェの肖像』、芸立出版、一九八九年、一九六頁)。

【20】ポーランド語でパンはchleb(フレプ)で、所有を表す単数生格の形にするとchlebaになる。デルボー

はこれを Kleba と音写している。

【21】初版ではこのあとに次の文章がある。

「ということはエスエスたちがもっとも残忍なことができるということだ。わたしは打ち倒された方が増しだと思う。」(Delbo, A, p. 86. 篠田訳、六六頁)

【22】初版ではこのあとに、「働いているふりをすることもできそうだった。」の一文があった。(Delbo, A, p. 88. 篠田訳、六八頁)

【23】パリ南西、ヴェルサイユ近郊にあるジュイ-アン-ジョザスで作られている有名な織物生地。柄は人物や田園風景をモチーフにしたものが多い。

【24】この段落は、初版では以下のような文章だった。

「何キロもの道を横断しなければならない。すくなくとも五キロ。」(Delbo, A, p. 92. 篠田訳、七〇頁)

【25】「待ちましょう (J'attendrai)」は、一九三八年にフランスで発表され、第二次大戦中にヒットしたリナ・ケッティの歌。

【26】手足の指の皮下組織に起こる化膿菌による炎症。局所的な蜂巣炎。強い痛みを伴い、骨に達することもある。原語は mal blanc.

【27】初版ではこの箇所は「あと三キロ」となっている。(Delbo, A, p. 95. 篠田訳、七三頁)

【28】初版ではこの箇所は「あと二キロ」となっている。(Delbo, A, p. 95. 篠田訳、七三頁)

【29】高周波の電流で組織を加熱し、破壊する療法。

【30】一九六五年の初版では、このあとにルドルフ・ヘス（Rudolf Höss）の自伝の仏訳から、次の箇所が引用されていた。
「そう、私の家族は、アウシュヴィッツで、良い暮しをしていた。私の妻、私の子供たちの抱く願いは、すべて叶えられた。子供たちは、自由に、のびのびと生きることができた。妻は、みごとな花壇をもってい た。」（Delbo, A, p. 115. 篠田訳、八七頁。ルドルフ・ヘス『アウシュヴィッツ収容所』片岡啓治訳、講談社学術文庫、一九九九年、三一三頁。引用訳文は片岡訳）
ヘスはアウシュヴィッツ開設当初の一九四〇年五月から一九四三年十一月までアウシュヴィッツの司令官を務め、実際に二人の息子（一九四三年当時は十三歳と六歳）を含む五人の子どもとアウシュヴィッツに隣接する家で暮らしていた。ナチス幹部の子どもたちを取材したタニア・クラスニアンスキは二〇一六年の著書の中で、ヘス（邦訳では総統代理 Rudolf Hess と区別するために「ヘース」と表記）が囚人ごっこをする子どもたちを叱りつけたというエピソードを紹介している。（『ナチの子どもたち――第三帝国指導者の父のもとに生まれて』吉田春美訳、原書房、二〇一七年、一八三頁）
【31】フランツ・レハールが作曲したウィンナ・オペレッタ。原文では « La Veuve joyeuse »、原題はドイツ語 « Die lustige Witwe »（いずれも《陽気な未亡人》の意）だが、ここではよく知られた英語のタイトルで表記している。
【32】アメリカ合衆国のユダヤ系ヴァイオリニスト、イェフディ・メニューイン（Yehudi Menuhin）を暗示していると思われる。メニューインは国際的音楽活動で知られ、第二次世界大戦中も米軍や連合軍のために

数多くの慰問コンサートを開いている（『ニューグローブ世界音楽大事典　第十八巻』、講談社、一九九五年、二一〇〜二一一頁）。イェフディという名前は「ユダヤ人」を意味し、ユダヤ系ではよくあるファーストネームでもある。日本ではユーディという読みで知られる。

【33】ギョーム・アポリネールの詩「愛されぬ男の歌」の一節（Guillaume Apollinaire, « La Chanson du Mal-Aimé », *Alcools*, Flammarion, 2013, p. 20.『アポリネール全集』鈴木信太郎・渡邊一民編、紀伊國屋書店、一九六四年、二〇八頁）。

強制収容所用語

略号説明――独…ドイツ語、ポ…ポーランド語、
原…本書フランス語原典で用いられている表記。

労働部隊（独：Kommando　原：commando）――強制収容された囚人たちからなる労働集団。SSの監視下で特定の作業、主に肉体労働に従事した。

SS（独：Schutzstaffel）――国家社会主義ドイツ労働者党（通称ナチス）の組織、親衛隊（員）の略称。ドイツ国防軍（Wehrmecht）とは区別され、戦闘を行う国防軍の背後で、ナチスに反対する人々や集団を撲滅する役目を負っていた。親衛隊は十二の本部からなり、このうち国家保安本部の第四局（秘密国家警察、通称ゲシュタポ）と第五局（刑事警察、通称クリポ）、経済管理本部D局の各部課が強制収容所の運営を担っていた。

カポ（独：Kapo　原：kapo）――SSによって強制収容所の囚人の中から選ばれた、各労働部隊の責任者のこと。労働部隊と収容所内の規律に関して責任を負っていた。肉体労働を免除されており、他の囚人たちに対して権限を振るうことができた。男女ともに「緑の三角囚人（非ユダヤ系の一般刑事犯）」が選ばれることが多かった。

女性指示者（独：Anweiserin　原：anweiserine）——ＳＳによって強制収容所の囚人の中から選びだされた労働部隊の女性指揮者のことを指す。労働部隊に属する囚人たちの監視・監督を任されており、割り当てられた囚人たちを収容所の規律に従って働かせる役目を担っていた。カポと同様に、本人には肉体労働が免除されており、他の囚人たちに力を行使することができた。ドイツ語で「指示する」という意味の動詞 anweisen の語幹に、女性の人を表す語尾 -erin がついた語だが、デルボーはさらにフランス語の女性語尾 -e を付加して -erine と綴っている。

室長（独：Stubenälteste）／**女子室長**（ポ：Stubova　原：stubhova）——ＳＳによって強制収容所の囚人の中から選びだされた、バラック内の個室の責任者のこと。ドイツ語の Stube は個室を意味する。Stubova はアウシュヴィッツ・ビルケナウで用いられていたポーランド語の呼称。

ブロック長（独：Blockältesteste　原：chef de block）／**女子ブロック長**（ポ：Blockova　原：blockhova）——ＳＳによって強制収容所の囚人の中から選ばれた各ブロックの責任者のこと。ブロックとは囚人たちが生活を送っていたバラックを意味する。Blockova はアウシュヴィッツ・ビルケナウで用いられていたポーランド語の呼称。

天の労働部隊（独：Himmelkommando　原：commando du ciel）――収容所でガス室の運営・管理を担っていた特別部隊（Sonderkommando）のこと。この部隊に配属される囚人はSSによって選びだされたユダヤ人たちで、人々をガス室に導き入れること、ガス室で殺された死体を運搬・火葬することなどを任されていた。生活面での特権を得ていたものの、ガス室に関わる収容所の機密に触れてしまうため、短期間でガス室行きとなった。

医務室（独：Revier　原：revir）――現代ドイツ語では「区域」「警察署」「兵舎内の病室」などの意だが、強制収容所では「囚人用の医務室」を意味した。デルボーは「医務室」とは言い難いこの場所の劣悪な環境を表すために、フランス語の infirmière（医務室）という訳語ではなく、収容所用語のドイツ語のまま用いているが、フランス人たちの発音に合わせ、この作品中では revir と綴っている。他の作品中では révir や revier とも綴られる。

木箱（独：Trage　原：trague）――労働の際に用いられた、重たいものを運ぶための取手付きの木の箱のこと。ドイツ語の Trage はもともと「担架」や「背負い籠」の意。

エフェクツ（独：Effektenkommando　原：Effekts）――輸送列車で到着した者たちの荷物は全て没収されたため、その荷物を収集し分類するための労働部隊がどこの収容所にもあった。荷物が置かれていたアウシュヴィッツの倉庫はエフェクテンラーゲルやエフェクテンカマーと呼ばれ、資源が豊富にあるという意味でカナダとも呼ばれていた。

〈参考文献およびウェブサイト〉

マルセル・リュビー『ナチ強制・絶滅収容所──18施設内の生と死』菅野賢治訳、筑摩書房、一九九八年。

ニコラ・ベルトラン『ナチ強制収容所における拘禁制度』吉田恒雄訳、白水社、二〇一七年。

芝健介『ホロコースト──ナチスによるユダヤ人大量殺戮の全貌』中公新書、二〇〇八年。

Cynthia Haft, *The Theme of Nazi Concentration Camps in French Literature*, Mouton, 1973.

http://www.bpb.de/geschichte/nationalsozialismus/ravensbrueck/60779/a

https://www.cercleshoah.org/spip.php?article72

作品中に登場する人たち

シャルロット・デルボー『一月二十四日の輸送列車』より要約。
〔 〕内および※以下は訳者による補足。
該当人物が登場する作中の章題は《 》で括って示す。

イヴォンヌ・ピカール――一九二〇年八月一日アテネ生まれ。父親はギリシア彫刻の専門家でソルボンヌ大学教授のシャルル・ピカール。哲学で学位を取り、セーブルの女子高等師範学校で教鞭をとっていたイヴォンヌは、レジスタンス活動のため実家を離れて生活していたが、逮捕されたＦＴＰ〔義勇遊撃隊：第二次世界大戦における共産系のレジスタンス武装勢力。のちにフランス国内軍に編入〕の若者の手帳に彼女の生年月日と出生地が記されていたことから、一九四二年六月に逮捕される。一九四三年三月九日にビルケナウ〔訳者解説を参照〕の医務室で、赤痢のために二十二歳でいのちを落とした。若き共産主義者だった婚約者も一九四二年の八月にモン＝ヴァレリアン〔訳者解説を参照〕で銃殺されている。
※《マネキンたち》の「イヴォンヌ・Ｐ」。『無益な知識――アウシュヴィッツとその後　第二巻』や、戯曲『選びし者たち』でも名前が登場する。イヴォンヌ・ピカールが一九四一年に執筆した論文「フッサールとハイデガーにおける時間」（« Le temps chez Husserl et chez Heidegger », *Deucalion*, nº 1, 1946, p. 93–124）は、エマニュエル・レヴィナスやジャック・デリダに

よって参照されており、彼女の教育実習を指導したシモーヌ・ド・ボーヴォワールも「優秀な哲学の女子学生」と回顧している（『女ざかり――ある女の回想（下）』朝吹登水子・二宮フサ訳、紀伊國屋書店、一九六三年、一二八頁）。

セシルこと、クリスティアーヌ・シャルア――一九一五年七月十八日カレー〔フランス北部。ドーバー海峡に臨む港湾都市で第一次世界大戦の戦場となった〕に生まれ、一九一七年にコンフラン‐サントノリーヌ〔パリ北西郊〕に避難。子だくさんの母のもと苦労の多い幼少期を送り、十三歳から働き、十七歳で結婚、十九歳で娘を出産、二十一歳で離婚し、一九四一年に子どもを子守りに預けてレジスタンス活動に参加する。義勇遊撃隊の一員として、『ユマニテ』誌〔共産党の機関紙で当時は禁止されていた〕の印刷や配布を手助けしたり、仲間たちに食糧の配給券を届けたりしたために一九四二年七月に逮捕された。ビルケナウからライスコ、ラーフェンスブリュック〔訳者解説を参照〕へと移送後、シモーヌ・アリゾン〔マリー&シモーヌ・アリゾンの項を参照〕らと同じコースを辿って、解放まで生き延びる。戦後に再婚し、二人の息子をもうけた。

※《マネキンたち》《同じ日》。二〇一六年に一〇一歳で亡くなったセシルは、アウシュヴィッツの体験記を著している（Christiane Borras, *Cécile, une 31000, communiste, déportée à Auschwitz-Birkenau*, Textes & Prétexetes, 2006）。

マリー＝クロード・ヴァイアン＝クチュリエ――一九一二年十一月三日パリ生まれの共産主義者で、『ユマニテ』誌の報道写真家をしていた。父親は複数の雑誌や新聞の創刊者リュシアン・ヴォーゲル、母はファッション誌の編集者、妹は映画女優ナディンヌ・ヴォーゲルで、最初の夫は『ユマニテ』の編集長だったポール・ヴァイアン＝クチュリエ。一九三七年の夫の死後、ピエール・ヴィヨンと再婚し、一人息子をもうける。一九三四年に共産党に入党し、早い時期からレジスタンス活動に参加して、『ユマニテ』誌やレジスタンス冊子の発行に携わり、一九四二年二月にパリで逮捕された。ダニエル・カサノヴァ〔一九〇九年生まれの共産主義者。アウシュヴィッツでは歯科医として特権を得たが一九四三年五月九日にチフスで死去〕のおかげでビルケナウではドイツ人女性の医務室の秘書役に任命され、ドイツ語が堪能だったためにその後も役職を得るなどして特権を得た。ラーフェンスブリュックに移送され、収容所解放の際には、旅に耐えられない病気のフランス人たちが全員解放されるまで他の数人とともに収容所に残って責任を引き受けた。戦後は夫や家族全員と再会し、共産党の議員となる。ＲＩＦ〔フランス国内レジスタンス〕の司令官と公認され、レジオン・ドヌール勲章〔国家の功労者に与えられるフランスの最高勲章〕を授与されている。

※《点呼》《同じ日》。アウシュヴィッツに関する著作を書いているほか（Marie-Claude Vaillant-Couturier, *Mes 27mois entre Auschwitz et Ravensbrück*, *Mail*, 1946）、複数の評伝が出版されている。

ヴィヴァこと、ヴィットリア・ドブッフ――イタリア社会党の党首ピエトロ・ネンニの四人娘の一人で、一九一五年十月三十一日にイタリアのアンコナに生まれ、ミランで幼少期を過ごし、一九二八年に家族とともにパリに亡命した。一九三七年にフランス人印刷工アンリ・ドブッフと結婚する。一九四二年、共産主義者の要請で非合法雑誌やチラシの印刷を行っていた夫が逮捕された際、毎日警視庁に赴き、食糧や煙草を差し入れにいったため逮捕された。ロマンヴィル［多くのレジスタンスが拘留・監禁されていた要塞。銃殺のための人質センターであると同時に、強制収容所へ移送前の通過収容所でもあった］でドイツ軍司令部に呼びだされ、結婚して得たフランス国籍を捨てればイタリアに送ると言われたが、「父なら決して連帯を断ちはしないでしょう」と拒む。一九四三年の七月、ビルケナウでチフスによって息を引きとった。夫のアンリも一九四二年八月十一日にモン＝ヴァレリアンで銃殺されている。

※《翌日》《同じ日》《夜》《朝》《渇き》《晩》《リュリュ》。デルボーはヴィヴァとの最後の面会の場面を『無益な知識』で綴っている。

ジョゼこと、マリア・アロンソ――一九一〇年八月二十日スペインのサンタ・フェ生まれ、四歳のときに家族でパリに移住。占領期にはトゥノン病院の看護師をしながらレジスタンスの闘士たちを隠れて世話していた。サン・ルイ病院に勤めていた際、患者を介してレジスタンスのグループと関わりを持ちジョゼと名乗るようになる。ロネオ〔タイプ孔版印刷機。当時印刷物の作成に用いられた〕運搬の手助けをしたことで、一九四一年十月に捕まり、一度は釈放されたものの十一月にゲシュタポに逮捕される。二人の息子はジョゼの兄弟に託された。ロマンヴィルでは責任者に任命され権力を握ったが、ビルケナウでは自分たちと同じ囚人のカポたちに殴られることに我慢がならず、殴り返してめった打ちにされた。一九四三年二月十四〜十五日、水道を見張っていた警察《ポリツァイ》〔収容所の治安維持を担っていた赤い腕章の囚人〕に歯向かったことで、殴られたうえ水をかけられ、肺炎になって医務室で亡くなった。
※《同じ日》。デルボーの戯曲『誰がこの言葉を伝えるのか』（一九七四年）に登場するクレールのモデルはジョゼだと言われている。自殺したいと語る主人公フランソワーズをクレールは止めるが、デルボーとジョゼとのあいだにも実際にそうしたやりとりがあったという（Dunant, p. 106）。

マリー——マリー&シモーヌ・アリゾンを参照。
※《同じ日》。断章《マリー》の語り手については特定できず。

ジルベルト・タミゼ——一九一二年二月三日にボルドー近郊のコデランに生まれたジルベルトは、一〇歳頃に母を亡くし、赤ん坊だった妹アンドレ（一九二二年生まれ）の母親代わりとなる。妹の面倒を見るために学校をやめ、家事と育児を引き受けながら家で授業を受けて小学校の卒業免状を得たあと、靴職人の父の勧めで手に職をつけるために速記タイプを学ぶ。共産主義者の父と同じく、姉妹はレジスタンス活動に参加し、ロネオでビラを作成して各地に運んでいた。一九四二年四月に逮捕されたとき、父が先に捕まってメリニャックの収容所〔フランス南西部〕に拘禁されていたため、娘たちは報復をおそれ逃げだすことができなかった。一九四三年三月八日、片時も離れずにいた妹のアンドレをビルケナウで亡くす。ジルベルトは、ライスコとラーフェンスブリュック、ベエンドルフ〔ドイツ北東部にあった副収容所。囚人たちは塩抗の跡地で労働を課された〕を経て生き延びた。帰還後に父を亡くし、復帰の困難を語る。

※《同じ日》。『私たちの日々の尺度——アウシュヴィッツとその後　第三巻』には、《ジルベルト》という章がある。

イヴォンヌ・ブレック——一九〇七年一月二十五日ブレスト〔ブルターニュ半島先端の港湾都市〕のブルジョワの良家に生まれる。ガリマール社〔フランスの有名な出版社〕に勤め、サン＝テグジュペリなど当時の若手作家と親交をもつ。一九三四年、革命的作家芸術家協会（ＡＥＡＲ）の一員として、各地の工場にプロレタリア図書館を設立するために尽力。一九三七年、ガリマール社をやめ、『世界の顔』編集部の秘書となる。共産党員で作家のルネ・ブレックと結婚し、翌年には自身も共産党に加盟。編集に携わっていた雑誌が禁止されると自宅でガリマール社の『プレイヤード叢書』の校正を行う。最後の仕事は『ポール・ヴァレリー作品集』だった。地下組織で活動していた夫のために食糧を運び使い走りをしていたイヴォンヌは、一九四二年三月に逮捕された。到着から赤痢に苦しみ、一九四三年の三月十一日にビルケナウの医務室でいのちを落とした。夫は愛人のもとに身を寄せていたため、亡くなる前に「あなたを呪うわ」と夫への伝言を仲間に託したが、夫はそれを知ることなく亡くなった。

※《同じ日》の「イヴォンヌ・B」。『無益な知識』には《イヴォンヌ・ブレックに》と題された詩が挿入されている。

エレーヌ・ソロモン――一九〇九年五月二十五日、フォントネー＝オ＝ローズ〔パリ近郊〕生まれ。コレージュ・ド・フランスの教授ポール・ランジュヴァンの娘。一九二九年、国立科学研究センターの研究員ジャック・ソロモンと結婚する。夫婦は『自由大学』〔一九四〇年秋に共産党の知識人階級によって創刊された地下刊行雑誌。ジャック・ソロモンはジョルジュ・ポリツェルらとともに中心人物だった〕の刊行に携わり、一九四二年三月に逮捕された。夫のジャックは五月二十三日に銃殺され、エレーヌはサンテ刑務所〔パリ十四区〕で夫に別れを告げた。エレーヌはビルケナウで生物学者と化学者が募集された際に指名され、一九四三年三月に準備段階のライスコに移る。ラーフェンスブリュックを経て、ベルリン近郊の工場に看護師として送られるが、爆撃を受けオラニエンブルク‐ザクセンハウゼン〔ベルリン北方にあった強制収容所〕に撤退、落伍者を銃殺するSSに率いられ北方に出発する。SSの逃走後、仲間とともに偶然出会ったフランス兵たちに護衛してもらいながらアメリカ兵の宿営地で休戦を待ち、一九四五年の五月にフランスに帰還した。戦後は、憲法制定議会の議員に二度選ばれ、一九五八年に再婚するも、帰還後の後遺症に苦しめられる。
※《同じ日》で「アリス・ヴィテルボに手を貸し」たエレーヌ。

アリス・ヴィテルボ——一八九五年八月八日エジプト・アレクサンドリア生まれのイタリア人、オペラ座の女流歌手だった。自動車事故で片脚を失い義足になってからは、パリで歌と発声の講座を開いていた。逮捕の理由は不明だが、ドゴール派を援助したのではないかといわれている。一九四三年二月十日の「レース」で、エレーヌ・ソロモンに助けられ懸命に走ろうとしたが、捕まって第二十五ブロックに入れられた。マリー‐クロードが晩の点呼のあとに会いにいくと、そのたびに「毒薬を持ってきて」と頼み、「レース」の日から二週間以上も生き延びていた。アリスには家族はおらず、マリー‐クロードに伝えた友人の名も忘れられてしまった。
※《同じ日》《アリスの脚》。

ソフィー・ブラバンデルと、娘のエレーヌ――一八八七年七月四日生まれのソフィー・ブラバンデルは、ポーランドのブルジョワ階級の家庭に生まれ、一九〇九年に法律を学ぶためにパリに来た。フランスにおけるポーランド人マキ〔対独レジスタンス組織〕の前身組織に所属していた医師の夫フランソワを手助けしていたために、一九四二年九月に息子ロミュアルド、一九二三年生まれの娘エレーヌとともにゲシュタポに逮捕された。一九四三年一月二十四日の同じ列車で、ソフィーとエレーヌはアウシュヴィッツに、フランソワとロミュアルドはオラニエンブルク‐ザクセンハウゼンに送られた。ビルケナウに到着し裸で髪を剃られる際、母のソフィーは理髪師の囚人からハサミを取りあげ、自ら娘の髪を切ったという。ソフィーは一九四三年二月十日の「レース」で捕まり、その数日後にビルケナウの第二十五ブロックで亡くなった。娘のエレーヌは同年五月十二〜十三日に医務室でチフスによりいのちを落とした。

※《同じ日》の「ブラバンデルさん」と「ブラバンデルさんの娘」。

ジャコバ・ヴァン・デル・リー――一八九一年一月四日オランダ生まれ。かなり若いときにアラブの王子と結婚し彼の国でハーレムに加わったが、九年後に脱走、オランダ領事のおかげでヨーロッパに帰還する。豊富なアラビア語の知識を生かし、パリでアラビア語教師の職を得た。一九四二年九月、オランダに住む兄弟に出した手紙の中でヒトラーの失脚を予言したために逮捕された。一九四三年二月十日の「レース」で捕まり、その数日後に第二十五ブロックで生涯を終えた。

※《同じ日》の「ヴァン・デル・リーさん」。

イヴォンヌ・ボナール――一八九九年八月五日生まれ。若くして家庭を持ち、すでに結婚して母親になったばかりの娘がいたために「イヴォンヌおばあさん」というあだ名で呼ばれていた。一九四三年二月十五日前後、夕方の点呼のあとに倒れ、仲間たちがブロックまで運んだが、夜のあいだに世を去った。

※《同じ日》の「イヴォンヌおばあさん」。

アントワネット〔《同じ日》で「ガス室に送られた」〕――特定できず。

マリー&シモーヌ・アリゾン――一九二一年五月九日生まれのマリー（マリエット）と、一九二五年二月二十四日生まれのシモーヌ（プペット）は、レンヌ〔フランス西部〕で小さなホテルを経営する両親のもとに生まれた。レジスタンス活動に従事していた婚約者の仲間たちに部屋を貸していたために、一九四二年三月、マリーが逮捕される。当時十七歳でレジスタンスの使者だった妹のプペットもその三日後に逮捕された。姉妹は別々にサンテとフレンヌ〔パリ南郊〕の刑務所に拘留されたあと、ロマンヴィルで再会するが、そこで母が亡くなったという父からの手紙を受けとる。マリーはビルケナウで、妹のプペットと母を亡くしたエレーヌ・ブラバンデルの二人の面倒を見ていたが、一九四三年の六月三日に赤痢と鼠径部のリンパ腺炎と耳炎により亡くなった。子どもの頃から虚弱体質だったプペットは、ライスコ、ラーフェンスブリュック、ベエンドルフ、ノイエンガンメ〔ドイツ・ハンブルク港の南東にあった強制収容所〕、ザゼル（ハンブルク近くの小さな収容所）を経て、生き延びた。帰還後、父が娘の帰還を喜ばない若い女性と再婚していたこともあり、多くの困難を抱える。ＦＦＣ〔フランス戦闘部隊〕の少尉と公認され、一九六六年にレジオン・ドヌール勲章を授与されている。

※《同じ日》《アリスの脚》。『一月二十四日の輸送列車』の中にマリーとシモーヌという名は他にもあり厳密には特定できないが、ここではデルボーに近しかったこの姉妹を紹介している。デルボーは『私たちの日々の尺度』で《プペット》という章を書いている。シモーヌ・アリゾンは後に、アウシュヴィッツの体験記を出版した（訳者解説末尾の〈引用文献〉を参照）。

リュリュ――リュシアンヌ・テヴナン＆ジャンヌ・セールを参照。

シュザンヌ・ローズ――一九〇四年八月十八日ブーズヴィル＝ラ＝グルニエ〔ルーアン北西郊〕生まれの共産党の闘士。一九三六年、フェカンの既製服会社で働いているときに、地域の衣料業界初の労働組合を作り、職員の代表者となるが、一九三八年のストライキのあとに職場を解雇される。一九三九年、地下活動のため息子を母親に預け、居場所を変えて偽の身分証で暮らしながら、連絡員として闘士たちに食糧やロネオを届けた。一九四二年二月に逮捕されるが、このとき母からの手紙を持っていたため、母と手紙を運んでくれた仲間も捕まる。何も知らない母だけは同年七月に釈放されシュザンヌの息子を引きとるが、シュザンヌは自分を責めた。サンテ刑務所からロマンヴィルに移された際、監獄にいるあいだに夫が離婚の手続きをしたことを知る。アウシュヴィッツ到着時、すでに心身ともに疲れはてており、一九四三年二月に医務室で亡くなった。息子は一九五五年に二十五歳で病死している。

※《朝》。本書原典ではSuzanne Roseと綴られているが、『一月二十四日の輸送列車』ではSuzanne Rozeと綴られており、わずかに綴りが違うが他に該当する名前は見当たらない。

ムネットこと、レイモンド・サレ――一九一九年五月六日、パリ近郊のリラで錠前屋の父と縫製工の母のもとに生まれる。大戦が勃発したとき、すでに青年共産同盟〔訳者解説を参照〕に加盟して数年が経っていた。占領後は、占領に抵抗する秘密組織の一員となり、一九四一年七月十四日、カルチエ・ラタンの学生デモに加わり三色旗を掲げて警官に逮捕されたものの二十四時間後に釈放される。一九四二年始め、義勇遊撃隊の仲間とともにドイツ語書店を襲撃し、同年六月十八日、同じグループの義勇遊撃隊の若者全員とともに逮捕された。男たちは同年八月十一日にモン - ヴァレリアンで銃殺された。ムネットの婚約者はこのときは銃殺を免れたものの一九四三年七月にイシー - レ - ムリノー〔パリ南西郊〕で二十二歳で銃殺されている。ムネット自身も、同年三月九日、ビルケナウの医務室で赤痢のため二十三歳で亡くなった。アウシュヴィッツ・ビルケナウに到着し列車を降りたとき、先頭に立ってマルセイエーズを歌いだしたのは彼女だった。

※《朝》。一九四三年一月二十四日の輸送列車で移送されたフランス人レジスタンス女性たちが、アウシュヴィッツ到着時にマルセイエーズを歌ったという逸話はよく知られている。

ロランド・ヴァンダエル——一九一八年四月十八日生まれのロランド・ヴァンダエルは、一九三九年に結婚し、パリ十一区に夫と住んでいたが、夫が一九四〇年六月に監獄に入れられてからは、母シャルロットのいるボンディ〔パリ北東郊〕に戻る。パリの空いた部屋には、共産党員で義勇遊撃隊に加わっていた義父が住み、武器や爆発物を保管していた。一九四二年五月に義父が逮捕された際、母とともに彼の家に食糧や衣料品を届けにきて逮捕される。警視庁には叔母家族もいた。叔父はモン・ヴァレリアンで、義父はイシー - レ - ムリノーで銃殺され、ロランドは母と叔母とともにアウシュヴィッツに送られた。一九四三年三月十一日に赤痢のため医務室で母を亡くし、同年五月二十三日〜二十四日にチフスで叔母を亡くす。ラーフェンスブリュックとマウトハウゼン〔ウィーン西方にあった強制収容所〕を経て、一九四五年四月三十日にパリに帰還した。帰還後、夫と再会し息子を出産するも、外を出歩けないほどの後遺症に苦しむ。

※《朝》。

オロール・ピカ――一九二三年五月二日にモーゼル県のフォントワ〔フランス北東部〕で、イタリア系移民の両親のもとに生まれる。第一次世界大戦後、当時の多くのイタリア人と同じく両親はこの地に定住したが、一九三九年に地域一帯が作戦地域となった〔フランスとドイツの国境地域であったために要塞線が作られた〕ために、ジロンド県ヴェイル〔フランス南西部〕に退避した。ドイツ軍のもとで働きながら占領軍の武器倉庫のありかを探り、義勇遊撃隊が倉庫を襲撃し武器を得て隠すのに協力したが、裏切者が隠し場所を警察に密告したために、一つ年上の姉ヨランドや両親とともに一九四二年八月に逮捕される。姉とともにアウシュヴィッツに送られ、一九四三年四月二十八日に渇きによっていのちを落とした。姉のヨランドはラーフェンスブリュックに移送されて母と再会し、マウトハウゼンで解放された。姉とともに逮捕された父は一九四三年の十月にモン‐ヴァレリアンで銃殺され、姉ヨランドの夫（義勇遊撃隊の司令官アルモン・ジリ）も一九四四年六月の闘いで殺されている。

※《渇き》。

リュリュとカルメンこと、リュシアンヌ・テヴナン&ジャンヌ・セール――姉のリュシアンヌは一九一七年七月十六日にマルセイユで、妹のジャンヌは一九一九年七月にアルジェリアで、フランス人の父とアルジェリア系フランス人の母とのあいだに生まれ、マルセイユで育った。一九三七年、母と子どもたちはパリに移り、リュシアンヌは秘書として、ジャンヌは女工として働く。リュシアンヌは一九三九年にジョルジュ・テヴナンと結婚するが、彼は一九四〇年に戦争捕虜としてドイツの監獄に入れられる。一九三九年の開戦とともに姉妹は青年共産同盟で活動していた。一九四一年の六月、リュシアンヌは前年に生んだ子どもを義理の母に預け、闘争に戻る。青年共産同盟から最初の義勇遊撃隊が組織化されたため、姉妹は闘士の徴募などに携わり、一九四二年六月十九日にパリのレジスタンスのアジトで逮捕された。留置場ではリュリュとカルメンと名乗り、本名を伏せて姉妹であることを隠しとおした。二人は片時も離れることなく、ビルケナウからライスコ、ラーフェンスブリュック、ベエンドルフを経て、解放まで生き延びた。〔一月二十四日の輸送列車の一団の中では〕二人とも生き延びた唯一の姉妹であり、家族全員が生き延びるという類まれな幸運も得た。二人はフランス国内レジスタンスの伍長と公認されている。

※《夜》《渇き》《晩》《リュリュ》。デルボーと親しい関係で、『無益な知識』『私たちの日々

の尺度』にも名前が登場する。

ジュヌヴィエーヴ・パクラ――一九二二年十二月二十二日ポーランド生まれ。一九二七年にセーヌ＝エ＝オワーズ県ブクヴァル〔パリ北東郊、現ヴァル＝ドワーズ県〕の農場に農業労働者として移住した両親のもとで育つ。公立小学校を出たあと、近隣の農家で住みこみ女中として働いていたが、職業を変えて地位を得たいと考え、パリに出る。一九四二年、パリで夜学に通いながらラジオ電気会社で働いていた際に、ポーランド人の雇用主がレジスタンス組織の送信機を修理していたことを密告され、一緒にゲシュタポに逮捕された。ビルケナウからライスコ、ラーフェンスブリュック、マウトハウゼンを経て生き延びる。一九四六年に結婚し、その後二人の子どもをもうけた。一九七七年にレジオン・ドヌール勲章を授与されている。

※《家》。

ベルト・ラペラード――一八九五年四月二十六日にロット＝エ＝ガロンヌ県ル・パサージュ〔フランス南西部〕に生まれる。十一歳まで学校に通ったあと、ボルドーのレストランに勤め、そこで出会ったジャン・ラペラードと一九一七年に結婚した。レジスタンス活動に従事していた弟夫婦の頼みで闘志たちに宿を提供したために、夫とともに一九四二年七月にボルドーの自宅で逮捕された。弟夫妻も逮捕され、ベルトは義理の妹シャルロットとともにアウシュヴィッツへ送られた。一九四三年三月の午後に沼地で亡くなり、その死体はデルボー、ヴィヴァ、リュリュ、カルメンによって収容所内に運ばれた。ベルトの夫は一九四二年九月にスージュ〔ボルドー近郊〕で銃殺され、義理の妹シャルロットも一九四三年三月、夜中に呻いていたところを女子ブロック長に棍棒で叩かれて亡くなり、その夫〔ベルトの弟〕も一九四四年七月に強制収容所で亡くなっている。

※《晩》。

アンヌ゠マリー・オストロフスカ――一九〇〇年十一月十三日、ドイツのラインラント地方シュヴァルバッハに五人きょうだいの一人として生まれ、フランクフルトで育つ。二十歳のとき夫となるサロモン・オストロフスカと出会うが、彼がユダヤ系難民であったために結婚を両親に反対され、家族を離れユダヤ教に改宗して夫とベルリンに移り住んだあと、ヒトラーの台頭とともにフランスに移住する。占領が始まると、ユダヤ人であるサロモンと息子は南部地域に避難しようとしてフランスの憲兵に捕まり、サロモンはギュルスの収容所〔フランス南西部〕に、息子はモーリヤックの収容所〔フランス中南部〕に送られた。一九四二年九月に夫を助けようと十七歳の娘を連れて出発してゲシュタポに逮捕され、娘はユダヤ人としてピティヴィエ〔フランス中北部にあった拘禁収容所〕からドランシー〔パリ北東郊にあった拘禁収容所。ユダヤ人をポーランドの絶滅収容所に送るまでの通過収容所だった〕に送られた。ドイツ人であるアンヌ゠マリーはオルレアンの留置所とロマンヴィルを経てアウシュヴィッツに送られ、ベルト・ラペラードと同じ日に沼地で亡くなった。夫のサロモンはギュルスからドランシーに移送されたあと、おそらくはマイダネク〔ポーランド・ルブリンにあった絶滅収容所〕行きの列車で出発し消息不明になっている。息子と娘は生き延びた。

※《晩》。

〈参考文献〉

J＝F・ミュラシオル『フランス・レジスタンス史』福本直之訳、文庫クセジュ、二〇〇八年。

訳者解説

本書は、Charlotte Delbo, *Auschwitz et après. I. Aucun de nous ne reviendra*, Minuit, 1970 の全訳であり、強制収容所を生き延びたレジスタンス女性、シャルロット・デルボーが、アウシュヴィッツでの体験を証言した詩的文学作品である。

人と作品

シャルロット・デルボー（一九一三〜一九八五）はフランスの作家・劇作家で、アメリカではアウシュヴィッツの証言者としてプリーモ・レーヴィと並べて評される。フランスにおいては長年無名の作家であったものの、近年、作品が再版され複数の伝記が出版されるなど、再評価が進んでいる。

彼女はパリ南東郊のヴィニュー゠シュル゠セーヌで、イタリア系移民の一家に生まれた。フランス北西部出身で建設現場の鋲打ち工だった父親と、イタリア出身の母とのあいだの長女で、その下に三人のきょうだいがいた。典型的なラテン系の仲の良い陽気な一家で、政治的には左寄りの無政府主義の家庭だったという。速記タイプを学び十八の年に職を得たあと、アンリ・ルフェーヴルの哲学に影響を受け、青年共産同盟《ジュネス・コミュニスト》（ＪＣ：フランス共産党を支持する若者たちの組織）に加盟する。一九三四年四月二十三日にソルボンヌで行われた集会で、共産党の闘士ジョルジュ・デュダックと出会い、一九三六年に結婚した。

翌年、ジョルジュ・デュダックが編集長を務めていたJCの月刊誌『レ・カイエ・ドゥ・ラ・ジュネス』の取材で速記者を務めたデルボーは、アテネ座を主催する俳優のルイ・ジュヴェと知り合う。速記タイプの腕前を買われた彼女はジュヴェに秘書として雇われた。モリエールやジロドゥを上演したジュヴェとの出会いは、彼女のその後の人生や作品に大きな影響を与えることになる。

大戦が始まるとジュヴェの劇団はパリを離れ南米巡業に出発した。当初は同行していたデルボーだったが――再三にわたるジュヴェの説得にもかかわらず――パリに戻って、レジスタンス活動に従事していた夫と行動をともにすることを決める。デルボーとデュダックは、一九四一年の十一月からパリ十六区のアパルトマンに偽名で潜伏していたが、一九四二年三月にフランス警察に逮捕され、ゲシュタポに引きわたされた。同年五月二十三日、デルボーはサンテ刑務所で夫と最後の面会を果たす。この後、ジョルジュ・デュダックは二十八歳をを前にした若さで、レジスタンスの処刑地モン‐ヴァレリアンで銃殺された。デルボーはロマンヴィルの要塞に抑留されたのち、翌年一月二十四日にパリ北東方のコンピエーニュからアウシュヴィッツに送られた。

この一九四三年一月二十四日の輸送列車にいたのは、政治犯と見なされた二三〇人の女性たちだった。これはアウシュヴィッツに送られた唯一のフランス人レジスタンス女性の一団である。通常、非ユダヤ系政治犯の女性はドイツ東部の女性収容所ラーフェンスブリュックに送られることになっており、何故この一団だけがアウシュヴィッツに送られたのかはわかっていない。彼女たちは選別とガス室行きを免れたものの、アウシュヴィッツの中でも最悪の第二収容所・ビルケナウに収容された。デルボーによれば、同じ輸送列車にいた二三〇人の女性のうち、到着から七十三日後に生き残っていたのは七〇人、六ヶ月後に生き延びていたのは五十七人だが、これでさえこの時期のビルケナウでは例外的に高い生存率だという（Delbo, C, p. 15–17）。こののち、ビルケナウから二キロの距離にあり比較的ましな環境だった副収容所のライスコ農場に移ったあと、ラーフェンスブリュックに移送されたデルボーは一九四五年四月二十三日に解放の日を迎えた。二三〇人の仲間のうち、解放時に生き延びていたのはわずか四十九人だった。

解放後、自国に帰還したデルボーはヴィニュー＝シュル＝セーヌの実家に戻る。この際、フランス国内軍（FFI：ドイツ占領下におけるレジスタンス武装勢力）の志願兵としてラトル・ド・タシニーの軍で闘っていた十八歳の末の弟ダニエルがライン川横断中に殺されていたことを知る（Delbo, C, p. 102）。この時期のデルボーは自室からほとんど外に出ることもできず、ベッドから離れることができなかったという。訪ねてきてくれる友人の言葉も、友人たちが持ってきてくれた本の言葉も全く意味をなさない期間が続いたことを、デルボー自身がのちに作品中で語っている(『私たちの日々の尺度――アウシュヴィッツとその後　第三巻』)。

だが翌年になって、デルボーは本書のもととなる草稿を書きあげる。直訳すると『私たちの誰も戻らないだろう』となるタイトルは、アポリネールの長篇詩「死者たちの家」(« La maison des morts »)の一節から取られた。この詩の詳細にここで立ち入ることはないが、本書においてアポリネールのこの詩のモチーフ(ショーウィンドウ、マネキン、生者と死者の混交、記憶の氷河……)が随所に現れることは明記しておきたい。この詩に書かれている死者の人数とデルボーたち一団の生き残りの数が一致していたという運命的な偶然もあり、デルボーはこの詩に生者と死者の入り混じるアウシュヴィッツの環境を重ねていた。

帰還できたら本を書こうと心に誓っていたデルボーは、一息に書きあげたこの作品を二十年近く公表しなかった。その理由について、一九七四年のラジオ番組(Émission « Radioscopie » par Jacques Chancel sur France Inter, diffusée le 2 avril 1974)でこう語っている。

私にとってこの本は人生において非常に重要であるはずのものでしたから、一つの作品でなければならなかったんです。これが重要な作品の一つだと確信するためには、二十年間眠らせておかなければいけませんでした。それは愚かであると同時に傲慢な賭けに思えることもありましたが私にはとても平凡な理由もありました。私たちが戦争で荒らされた国に到着したとき、人々は傷つき、喪失や爆撃や破壊を耐え忍ぶとても不幸な状況にいました。そして彼らの不幸は私たちの不幸と比較できないとしても、認めなければならないものであり目の前にあるものでした。それに比べて私たちの不幸は遠ざかっていました。私たちは癌で死んでいこうとしているのに歯の激痛で苦しめられている人に注意を向けようとするような、そんな状況にいました。歯の激痛はあなたがたを支配しています。他者に注意を向けず、近しい人の呻き声さえ聞こえないほどに。(Gelly & Gradvohl, p. 211–212)

デルボーは、この作品が「人生において非常に重要であるはずのもの」であったがゆえに、戦後の高揚感の中で安易に消費されてしまうことをおそれていた。実際、戦後間もない時期には数多くの「証言」が出版されているが、すぐに消えていったものも多いという。「歯の激痛で苦しめられている人」に「癌で死にゆく者」の呻き声は聞こえない。真摯な呻き声に耳を傾けてもらう――この作品がそれに値すると彼女自身が確信する――ためには、二十年近い歳月が必要だった。

とはいえ、出版まで二十年も待ったこの作品が、当時のフランスで広く受け入れられることはなかった。一九六五年の初版刊行後、いくつかの好意的な書評（『エクスプレス』誌のフランソワ・ボットの書評など）が出たにもかかわらず一般に広く認知されることがなかったのは、当時の社会意識にも関わっている。アウシュヴィッツやナチスのその他の強制収容所に関しては知られていたものの、その残虐な実態に関する認知はまだまだ進んでおらず、戦争によって傷を受けた大衆も残酷な真実に目を向けようとはしなかった。デルボーに先立つ一九五八年に『夜』で自らの収容所体験を記したエリ・ヴィーゼルも、四十五年後に書かれた新版への序文の中で、今では世界中で広く読まれているこの作品が当時は「題材が病的だと断じられて、だれの関心もよばなかった」と振り返っている（「新版に寄せる」村上光彦訳、『夜』所収、みすず書房、二〇一〇年、一八頁）。現在ではよく知られているヴィシー政権の対独協力に関しても当時のフランスではほとんど触れられず、悪名高いヴェルディヴ事件（一九四二年七月十六日、ナチス占領下のパリでヴィシー政権のフランス警察が主導したユダヤ人の一斉検挙）をフランス政府が公式に謝罪したのは、デルボーがこの作品を初めて世に出してから三十年も経った一九九五年七月——彼女が肺癌でこの世を去ってから十年もあと——のことだった。

デルボー受容が遅れたフランスに比べ、ホロコースト時代の亡命者も多かったアメリカでは、フランス文学研究者ロゼット・C・レイモントによる英訳（Charlotte Delbo, *Auschwitz and After*, Translated by Rosette C. Lamont, Yale university Press, 1995）により、デルボー作品が反響を呼んだ。ホロコースト文学研究者ローレンス・ランガーの紹介もあり、フランスで長いあいだほぼ無名だったシャルロット・デルボーは、アメリカではホロコースト文学を代表する作家の一人とみなされている。

本書の特色――『一月二十四日の輸送列車』との比較を通して

シャルロット・デルボーの作品は日本でもあまり知られていないものの、アウシュヴィッツや強制収容所について書かれた他の作品、たとえばエリ・ヴィーゼルやヴィクトール・フランクル、プリーモ・レーヴィの作品のいずれにも劣らぬほど、独特な魅力を有している。非ユダヤ系のフランス人レジスタンス女性の視点という特色のみならず、デルボー作品の独自性は、事実の忠実な証言である以上に、一つの文学作品であることを目指した点にある。本書エピグラフで語られる「真実〔vrai〕」ではなく「真実を語るもの〔véridique〕」であるとの言明は、真実とは到底信じられないような体験を文学の力によって語ろうとする彼女の姿勢を表している。本書の文学作品としての完成度の高さ、詩や散文の入り混じる独特な形式や洗練された表現には目を見張るものがあり、それは、事実と虚構、歴史と物語の垣根を越境し、(事実に基づく歴史的)「証言」と(物語やフィクションとしての)「文学」の境を絶えず揺るがす、特異な「証言文学」を形成する。最初の頁を開くやいなや、読者は彼女の描きだす劇的世界に取り憑かれ、揺さぶられ、魅せられることになり、最後の頁を閉じる頃には、確かな余韻、言葉にできない感情やほとんど身体的な感覚をその身に刻まれながらも、不意に突き放され、虚脱感に襲われ、自分自身に何かを問わずにはいられなくなる。それは確かにこの作品のもつ力だろう。

多くの研究者が指摘していることだが、この作品の本文中では「アウシュヴィッツ」という単語が一度しか用いられていない。アウシュヴィッツについて書かれた作品であることを思えば、このことは極めて異例である。この作品中では具体的な日付や場所は説明されず、脚注や解説が付されることもない。ただ「ある日」「朝」「昼」「夜」があり、「バラック」や「沼地」「医務室《レヴィル》」がある。語り手の視点の動きに応じて舞台上のように場面が切り替わり、時系列はもつれ、時に過去と未来を行き来する。詩や散文、章によって変わる文体がこの移動を表現する。ファーストネームで登場する人物がどこの誰であるかは説明されない。語り手の名前すら、他者のセリフの中にただ一ヶ所イニシャルでCと記されるのみで、個人的な来歴が書かれることもない。「私」という一人称が消え、「私たち」や「人〔on〕」が主語となる文も多い。「私」は個を剝奪された匿名の群れの一部でしかなくなり、他者と交換可能な者と化す。おそらくそれは、個人の名を無機質な数字の並びに変えてしまう、アウシュヴィッツ・ビルケナウの「現実」を反映していた。

アウシュヴィッツに到着し、ガス室に即座に送られて死んだ人々の多くは、自分たちがどこにいるのか最後まで知ることがなかった。また「アウシュヴィッツ」という駅名を耳にしたとしても、当時それが何を意味するのかを知っていた者は少なかった。デルボーと同じ輸送列車で到着した仲間たちのうち、この地名を知る前に死んでいった者は一五〇人にも及んだという（Delbo, C, p. 11）。彼らが到着したのはまさしく、名もない「駅」や「バラック」だった。そこを流れる時間はカレンダーによって示されるものではない。夜のさなかにある「朝」、永遠のような「昼間」、夢と眠りに逃げることすらできない「夜」。仲間たちのあいだで呼び交わされる個人の名前もそれぞれの人生も、次々と襲いかかる死と暴力を前に意味を失う。想像力も、自らに固有なものとしての記憶も奪われる。独立した個人の存在が主張されることはなく、非人称的な異なる者たちの「群れ」という側面が際立つ。

デルボーはこの作品の初版と同年に、全く方向性の異なる別の著作を出版している。『一月二十四日の輸送列車』と題されたこの書物には、デルボーも含めたフランス人レジスタンス女性二三〇人の経歴や生死や囚人番号が姓のアルファベット順に記述されており、『誰も戻らない』に登場する人名の多くを見出すことができる（本書「作品中に登場する人たち」を参照）。この本の末尾に付された統計からは、夫をナチスによって殺された妻が六十九人いたこと、四十四歳を超えた女性は誰も生き残れなかったこと、十六歳未満の子どもを家に残してきた母親六十九人のうち五十三人が亡くなり七十五人もの孤児が遺されたこと、またこの一団にレジスタンス活動とは別の理由で捕まった者たちや、少数ながら対独協力者・密告者さえも含まれていたことなどがわかる。彼女たちのうち、ある者は生き延びることができずにいのちを落とし、またある者は戦後まで生き延びたが、その生きざま・死にざまは、時に残酷なまでに淡々とした筆致で綴られる。デルボーは、アウシュヴィッツで掘りだされた被収容者たちの写真（ＳＳは証拠隠滅のため多くの書類を燃やしたが、囚人番号の付された、デルボーたち一団の人体計測時の写真プレートはアウシュヴィッツの土の中から見つかった）をアウシュヴィッツ博物館から取りよせ、仲間たちの協力を得て、何人もの死者の遺族に連絡を取り調査した末に、『一月二十四日の輸送列車』を出版した。

『誰も戻らない』では、個人の名が意味を失う非人称的で無時間的・非場所的な世界が詩的に紡がれる。他方、『一月二十四日の輸送列車』では、出身地や姓を付されたひとりひとりの人生が、概ね時系列に沿って淡々と綴られる。前者が現実から逸脱した別世界の「真実を語るもの」であるのに対して、後者は別世界では語りえなかった現実を語る。このどちらも、デルボーにとっては書かれねばならないものだった。

作品解説

最初の章《到着通り、出発通り》では、名前もわからない巨大な駅に到着した人々の様子が描かれる。パリのモンパルナス駅周辺には、アリヴェ（＝到着）通りとデパール（＝出発）通りという通りがあるが、現在もそれぞれに、通りの名から取られたカフェがあるという(Dunant, p. 77)。パリでよく知られた駅を彷彿とさせる冒頭の描写によって、読者は日常的な大きな駅の光景から、突如として非日常的で異常な「強制収容所的世界」へと移し替えられることになる。

デルボーはこの場面をいつどこで見たのか本書で名言してはいないが、彼女たちがビルケナウへのユダヤ人の到着を目にする機会は実際にあったようだ（Delbo, II, p. 84）。デルボーの仲間の一人、シモーヌ・アリゾンも、一九四三年五月半ばのある日、ビルケナウからライスコ農場での労働に向かう最中にユダヤ人たちが輸送列車を降りてガス室行きのトラックに詰めこまれる光景を目にしたときのことを書いている（Alizon, p. 251–252）。また、この章に現れる、母親が子どもを平手打ちする場面と似た光景を、デルボーの仲間の一人も目撃している（Delbo, C, p. 221）。ユダヤ人たちがガス室に運ばれていく光景は、彼女たちフランス人女性には衝撃的だったことだろう。非ユダヤ人であったデルボーたちに到着時の選別はなかったが、ユダヤ人たちにはそれがあった――ユダヤ人たちは輸送列車から降ろされると駅のホームで荷物を置いていくように命じられ、男と女に分けられる。そこからＳＳ医師たちによって、子ども連れの女や老人、病弱であったり障害があったりして労働に不適格と判断された者たちは別の列に並ばされ、ガス室行きのトラックに載せられた。そのあと何が起こったかは言うまでもない。シャワーで体を清潔にするようにと衣服を剝ぎとられ、シャワー室と称されたガス室で殺された者たちの遺体は隣接する死体焼却場で燃やされた。ガス室と焼却炉を直接目にしないまでも、彼女たちは収容所じゅうを漂う肉の焼ける臭いによってそのことを知っていた。後年、ガス室の存在を否定しようとする歴史修正主義者たちに対してデルボーは苛立ちを隠さず、焼却炉の煙から漂っていた悪臭は否定しようもないガス室の証拠だと厳しい口調で糾弾している（*Le monde*, le 12 août 1974）。

無題の詩［ああ　知っているあなたたち……］には、経験することもなくアウシュヴィッツを「知っている」と自認する人々の無理解に対する皮肉と絶望が表れているが、強制収容所を内部から経験しなかった者たちには決して得ることのできない知識を彼女たちは有していた。この「知っている」「知らない」という言い回しは、この詩や冒頭の章のみならず、《翌日》《春》など本作品のあちこちにちりばめられており、『無益な知識――アウシュヴィッツとその後　第二巻』にも繋がる重要なテーマをなしている。

ガス室を免れた者たちは、持ち物全てを奪われ衣服も剝ぎとられて、体中の毛を全て剃り落とされたうえ、左腕に囚人番号の入れ墨を刻印された。デルボーの囚人番号は３１６６１で、彼女たちフランス人政治女囚は全員、この３１０００番台の番号だった。デルボーたちには青と白の縞模様の囚人服が支給されたが、全員がこの囚人服を支給されたわけではない。《マネキンたち》では、第二十五ブロックの死者の衣服が生者に提供されていたとも語られる。輸送列車でアウシュヴィッツに到着し選別でガス室行きを免れた者たちには、収容所初期には縞模様の囚人服が支給されていたが、末期には到着者やそれ以前の囚人が着ていた私服を消毒したものが支給された。到着者の持ち物は全て選別・分類されてカナダと呼ばれる倉庫に山

《会話》や《ある日》など複数の章で、私服を着たユダヤ人たちの描写が出てくる。

積みになっていたが、ユダヤ人の囚人にはあえてボロボロのみすぼらしい私服が与えられた。《男たち》や《アデュー》で語られているように、これらの私服の背には時として鉛丹でバツ印が書かれていた。これは逃亡した際に銃撃しやすくするための目印である。

《翌日》と《同じ日》で語られている出来事は、デルボーたちがビルケナウに到着してからちょうど二週間後の一九四三年二月十日の出来事だ。この日、ＳＳたちは零下十八度の屋外で、一万人（本書では一万五千人となっているが『一月二十四日の輸送列車』では一万人と記されている）の女たちを縦横十人ずつの方陣に整列させた。ここで馬に乗って現れた将校とは、悪名高いアウシュヴィッツ司令官ルドルフ・ヘスである。極寒の屋外で身じろぎもせず立ち尽くす無数の女性たちの前で、第二十五ブロックに収容されていた女性たちが次々とガス室と焼却炉に運ばれていった。さらに、老人や病人など弱っている者たちを選別するために「常軌を逸したレース」が行われた。これによってデルボーの仲間のうち十四人が捕まり、死のブロックである第二十五ブロックに入れられていのちを落とした。この非情なレースの動機は、スターリングラードでのドイツ軍の大敗（一九四三年二月二日）に対する報復だったといわれる（Delbo, C, p. 38）。

デルボーたちがビルケナウで最初に収容されたのは第十四ブロックだったが、二月十日の出来事があった二日後、彼女たちは第二十五ブロックの中庭に窓が面した第二十六ブロックに移された。死者たちと死にゆく者たちが収容されている第二十五ブロックの凄惨な様子は

《マネキンたち》を始めいくつもの章で語られているが、「レース」で捕えられた十四人の仲間たちの死にゆく様子をも、彼女たちはこの新しいブロックから目にしなければならなかった。第二十六ブロックには、フランス人女性とポーランド人女性千人ほどが収容され、幅およそ一・八メートルの三段ベッドに八人が押しこめられた。若い者は格子窓から否応なく悲惨な眺めを目にしなければならない上の段、年長者は夜のあいだに垂れ流される排泄物に接した下の段で、一段につき二人から三人が互い違いに頭を置いて寝なければならなかった。ユダヤ人女性たちのブロックはこれ以上に人口過剰で、横になって眠ることができない者は一晩中立っていなければならなかったという。

デルボーたちはビルケナウの第二十六ブロックの格子窓から、毎日第二十五ブロックの死体の山を目にしながら過酷な労働に出発しなければならなかった。まだ夜も明けぬうちから女子室長の怒鳴り声と鞭の音に急きたてられ、ベッドを整え、慌ただしく身支度する。ベッドの乱れは叱責や処罰の対象である。自分の体を洗うためのお湯をとっておきたい女子室長によって「けちけちと」注がれるハーブティーは酷い臭いだった（《朝》）。飲み物を入れるのに使う飯盒が、夜間に下痢などでトイレに行く暇がないとき尿瓶代わりに使われていたことを鑑みれば、デルボーの「前の晩のスープの臭いのする飯盒」（《朝》）という表現が何を意味するかも十分に理解されるだろう。どれほど酷い臭いのスープであっても飲まなければ即、死を意味していた。《渇き》では、しゃべることすらできなくなる渇きの深刻さが語られているが、これはたった一つしかない水道がドイツ人の一般刑事犯の女囚に独占されていて、その他の者たちは使うことができなかったからである。飲み水さえないのだから体を洗う水があるはずもなく、デルボーたちも到着から六十七日間、体を洗えなかった（Delbo, II, p. 52）。飢え渇きに加え、収容所内の劣悪な衛生環境のせいでチフスや赤痢などの病気が蔓延し、多くの者たちがいのちを奪われた。

長く耐えがたい点呼の様子は、《点呼》というタイトルの章が三つあることからもわかるように、本書で繰り返し描かれる。冬には零下十五度まで冷えこむ中、薄い服一枚きりでの点呼は数時間に及んだ。人数が揃わなければ何時間でも立って待ちつづけなければならない。点呼に加え、彼女たちは立ちっ放しで労働を続けなければならなかった。デルボーは「ビルケナウでは一日十六時間立っていた」と語っている（Delbo, C, p. 54）。そのうえ、労働の最中に死者が出た場合は《晩》で語られているように、自分たちで仲間の遺体を運ばなければならず、仲間たちの中でも大柄なほうだったデルボーもこの激務に駆りだされた。どれほど疲れて空腹でも、夕飯は二〇〇グラムのパン（公式には二五〇グラムとされるがそれよりはるかに少なかったといわれる）、半リットルのスープ、何グラムかのマーガリンかソーセージの一切れだけだった（Gelly & Gradvohl, p. 133. Alizon, p. 121）。

朝には、女子室長が疲れきった女たちの横たわるベッドに鞭を振りかざし、夜には女子ブロック長が瀕死の呻き声を上げる者に鞭を振りおろす。労働の場では、カポや女性指示者《アンヴァイゼリン》たちが唸り声を上げ、鞭や棍棒を振りまわす。特記しておくべきは、このように特権的な地位を有していた収容所内の責任者たちが、ＳＳすなわちナチスの親衛隊員ではなく、他の者たちと同じ収容所の囚人であったという事実である。アウシュヴィッツに限ったことではないが、ナチスの強制収容所では囚人たちが団結しないための対立関係を作りあげるため、特定の囚人が責任者として選びだされ仲間たちを管理していた。たとえばブロックを管理するブロック長、個室を管理する室長やその補佐である室番、収容区の責任者である収容区長や、労働部隊を率いるカポである（リュビー、五九頁。本書「強制収容所用語」も参照）。責任者に選ばれるのは——たとえばデルボーたちフランス人女性を率いていたのが「スロヴァキア人女子ブロック長のマグダ」（《同じ日》）であったように——管理させる集団とは別の国籍の者たちで、多くの場合が非ユダヤ人だった。これは、言葉の通じないものを責任者にあてがうことで結束を防ぎ、より残酷な仕打ちも躊躇いなくできるようにするためである。

これ以外にも、医師や化学者、仕立屋、靴屋、床屋、料理人、通訳など、専門的な能力を有した囚人（特に非ユダヤ人）は、その能力に応じた仕事を割りあてられ特権的な待遇を得ることができた。本書でも、ドイツ語が堪能であったために通訳の役目をこなすマリー＝クロードの姿や、どんな特性があったかは書かれていないものの到着者の荷物を分類・整理するエフェクツで働くサリー（ただしこの名前は『一月二十四日の輸送列車』には見つからない）の姿が描かれている。デルボーたちがビルケナウからライスコ農場に移りいのちを拾うことができたのも、ゴム栽培のために化学者や植物学者、生物学者が募集されたことに端を発していた。またデルボーが書いたように、ビルケナウでは音楽好きなSSたちのために音楽家たちが集められ、男女のオーケストラが組織されてもいた。彼らは労働部隊の出発や帰宅の際に行進曲を演奏させられたり、親衛隊の求めに応じて演奏会を行わされたりしていた。《オーケストラ》に登場する「ウィーンで名を知られていた」指揮者の女とは、アルノルト・ロゼの娘でグスタフ・マーラーの姪でもあるアルマ・ロゼのことだろう。ロゼはユダヤ人でありながら音楽の才能ゆえに特権的な待遇で音楽隊の指揮を任されていたものの、一九四四年四月に収容所内で亡くなっている。アウシュヴィッツの女性オーケストラの様子は、ファニア・フェヌロン『ファニア歌いなさい』（徳岡孝夫訳、文藝春秋、一九八一年）や、ヘレナ・ドゥニチ－ニヴィンスカ『強制収容所のバイオリニスト――ビルケナウ女性音楽隊員の回想』（田村和子訳、新日本出版社、二〇一六年）で読むことができる。

　特権を有してはいても、悲惨な末路を辿ったコマンドもある。プリーモ・レーヴィが「国家社会主義の最も悪魔的な犯罪」（『溺れるものと救われるもの』竹山博英訳、朝日新聞社、二〇〇〇年、五四頁）と糾弾した特別部隊《ゾンダーコマンド》を、デルボーは「天の労働部隊《コマンド》」と呼んでいる（《アデュー》）。囚人たちをガス室に入れるのは同じ囚人、とりわけユダヤ人たちでなければならなかった。彼らは人々の衣服を脱がせガス室に押しこむこと、人々が遺した荷物を分類すること、ガス室の死体を運びだすこと、死体の金歯を抜きとり髪を剃ること、死体を焼却炉で燃やすこと、遺灰を始末することなどを仕事としていた。分類された荷物が再利用されたのみならず、死体から抜きとられた金歯や女性の髪の毛も「有効活用」された。ただし、ビルケナウで死体を燃やして出た灰が沼地の肥料としてまかれていた（《到着通り、出発通り》というのは――レーヴィも指摘しているとおり――噂にすぎず事実とは違っていたようである。ナチスの合理的な「廃物利用」によって灰が様々な用途に利用されていた事実はあるものの、ビルケナウの犠牲者の遺灰が実際には近くの川に捨てられていたことを、アウシュヴィッツの特別部隊の生き残りシュロモ・ヴェネツィアは証言している（『私はガス室の「特殊任務」をしていた――知られざるアウシュヴィッツの悪夢』鳥取絹子訳、河出文庫、二〇一八年、一二八〜一三〇頁）。デルボーも書いているとおり、特別部隊の囚人たちは、食糧を他よりも多く与えられ、良い服を着て広い部屋を割り当てられたが、収容所内の重大な秘密を知ってしまうがゆえに、数ヶ月ののちに全員がガス室に送られた。また、アウシュヴィッツ最後の特別部隊は一九四四年十月に反乱を企て、ガス室を焼き払いＳＳ隊員四人を殺害したが、そのほとんどが捕まり処刑されている。これに関しては、クロード・ランズマン監督のドキュメンタリー映画『ショア』（一九八五年、フランス）で特別部隊のわずかな生き残りが証言しているほか、近年ではネメシュ・ラースロー監督の映画『サウルの息子』（二〇一五年、ハンガリー）で再現されている。

デルボーは、彼女たちフランス人女性の待遇が非ユダヤ人であったために収容所内で特権的なものであったことを隠さない。そして自分たちより惨めな境遇にあるユダヤ人女性たちに「嗚咽が込みあげるほど同情」する（《晩》）。デルボーたちは到着時に選別を受けることもなく、仲間たちと引き離されることもなかった。ユダヤ人たちの場合には選別を受け（選別がないときもあったが、その場合は全員がガス室行きだった）、ガス室を免れたあと、言葉の通じない多国籍の者たちの中に放りこまれた。劣悪な環境で毎日虐待され、互いに意思疎通すら図ることができないユダヤ人たちに、死は圧倒的な速さで容赦なく襲いかかった。デルボーたちフランス人女性の場合は、仲間同士が一緒にいることができた。デルボー自身、同じ寝台を共有していた仲間たちと助けあい、決して離れないようにしていた。気を失いかけたデルボーに心を鬼にして平手打ちを食らわせたヴィヴァ（《朝》）、倒れそうになる彼女を支えたカルメン（《渇き》）、母のように胸で泣かせてくれたリュリュ（《リュリュ》）――極限状態においても助けあうことのできる仲間がいること、苦しみが消えないまでもただ共通の言葉を交わしあえる相手がいることが、人間にとってどれほどの救いになるかを、シャルロット・デルボーは教えてくれる。

「綱渡り芸人の幽霊は／夜に練習していた／電信線の上で／彼は私が見ていることを知らなかった／彼は踊っていた／幽霊の衣装を着て／それなのに／誰も彼を見ていなかった／（一行空き）／私なら耐えられなかっただろう／もし誰も私を見てくれていなかったら／もしあなたたちがそこにいてくれなかったら」（Delbo, II, p. 34）

初版からの変更——アウシュヴィッツの作家として

『誰も戻らない』は一九六五年にゴンティエ社から単行本として出版されたあと、一九七〇年に『アウシュヴィッツとその後』というシリーズ名を与えられ、全三巻からなる作品の第一巻としてミニュイ社から再版された。このシリーズ名を付け加えたのは、アドルノの「アウシュヴィッツ以後、詩を書くことは野蛮である」（『プリズメン』渡辺祐邦・三原弟平訳、ちくま学芸文庫、一九九六年、三六頁）という有名な言葉に対する、デルボーのひとつの答えだったといわれている。アドルノの発言に関しては、のちの議論での訂正などもあり詳述は控えるが、デルボーはアウシュヴィッツを語ることの重要性を強く認識していた。アウシュヴィッツを書く作家としての自負も責任もあった。若い世代における記憶の風化や歴史修正主義の台頭を危惧したプリーモ・レーヴィ、語ることの「責任」を意識していたエリ・ヴィーゼルと同じように、シャルロット・デルボーもまた同時代人のためではなく未来の世代のために書いた。ただし、彼女はアウシュヴィッツがセンセーショナルな仕方で読者に消費されることを望んでいたわけではない。彼女はアウシュヴィッツの恐怖や苦痛を伝えるためには、現実を「記述する」のではなく「見えるようにする〔donner à voir〕」ことが必要だと考えていた——「詩の言葉だけが見えるようにし、感じるようにすることを可能にする」(Prévost, p. 42)。デルボーは想像を絶する体験を説明するのではなく、皮膚に食いこんでくるような詩の言葉——胸を締めつけられ呼吸が苦しくなるほどの密度をもった繊細な表現——によってアウシュヴィッツを見せ、聞かせ、感じさせ、「説明し得ないことを説明する」(Delbo, LMJ, p. 9)。アドルノの言葉に対し、デルボーは「文学は、とりわけ詩はアウシュヴィッツを語らずして、何を語るのか？」(Page, p. 117)と憤り、「詩はアウシュヴィッツを実感させるためにこそ存在しているのに」(谷口、一六四頁)と語っていたという。

この作品の初版では、本文のあとに補遺として「ドイツにおける強制収容所」と題されたコレット・オードリによる解説と、著者略歴が付され、末尾には参考文献と目次があった。この初版に関してはすでに一九七〇年に邦訳されており、本文と解説・著者略歴と合わせて、篠田浩一郎訳「アウシュヴィッツの唄」(解説末尾の文献リストを参照)で読むことができる。著者略歴では、デルボー自身のJCへの参加や夫の銃殺に関して言及されているほか、参考文献にはロベール・アンテルムの『人類』(邦題『人類——ブーヘンヴァルトからダッハウ強制収容所へ』)や、ダヴィッド・ルーセの『強制収容所的世界』(David Rousset, *L'univers concentrationnaire*, Minuit, 1965. 未邦訳)、ルドルフ・ヘスの『アウシュヴィッツの司令官』(邦題『アウシュヴィッツ収容所』)などが挙げられている。再版にあたって、デルボーはこれら全ての項目を削除している。その意図は必ずしも定かではないが、たとえば訳注でも触れたように、デルボーは《司令官》の章の末尾に、初版ではルドルフ・ヘスの自伝からの引用を挿入していた。参考文献の指示も合わせると、この司令官がヘスであることは誰の目にも明らかになるが、引用と参考文献の削除によってヘスの名は消え、作品の抽象性・普遍性はより高まっている。デルボー自身の略歴が消されたことに関しても同じことが言える。夫を銃殺されたレジスタンス女性としてのデルボーは消え、彼女の名前は著者名を除けば作品内にただ一ヶ所、「C」というイニシャルでしか残らない。デルボーはこの作品の中では、自分自身が何者であるかということを全く説明しようとしていないのである。

訳注に記したように、再版に際しては他にも文章上の細かな点がいくつか修正されている。しかし彼女は編集者による文章校正には強い反発を示したという（Dunant, p. 370）。自らの体験に肉薄した言葉、「真実を語るもの」を他人に書きなおされることは、彼女には耐えがたいことだった。

前述のとおり、本書には二つの続編がある。

匿名性の高かった第一巻とは異なり、第二巻『無益な知識』（一九七〇年）においては、サンテとロマンヴィルの監獄、アウシュヴィッツ、ラーフェンスブリュックを経て解放されるまでの日々がデルボー自身の視点で綴られ、どんなときも支えとなってくれた友ヴィヴァとの医務室《レヴィル》での別れや、銃殺された夫ジョルジュとのサンテ刑務所での最後のやりとりが回顧される。収容所内で自分のパンと引き換えにモリエールの『人間嫌い』の冊子を手に入れた逸話や、『病は気から』を上演するエピソードが語られるほか、ラーフェンスブリュックでの解放の朝の様子がありありと描かれる。

第三巻『私たちの日々の尺度』（一九七一年）では、アウシュヴィッツ以後の人生が複数の人物の語りから織りなされる。各章のタイトルには《ジルベルト》や《マド》《プペット》など、アウシュヴィッツを生き延び帰還した仲間たちの名前が見られ、彼女たちの語る言葉がそのまま、作品の根幹である一人称のモノローグをなしていく。この作品は、同年に「それで、あなたはどうしたの？」（« Et toi, Comment as-tu fait ? », *Qui rapportera ces paroles ? et autres écrits inédits*）と題される戯曲の形でも構想されているが、この別題のとおり、過酷な状況を生き延びた者たちがその後の人生をどのように生きたのかという点にスポットが当てられている。

『アウシュヴィッツとその後』全三巻の公刊から二〇二〇〜二〇二一年で五十年を迎えた。解説冒頭に記したとおり、本書は一九七〇年にミニュイ社から再版されたものを底本としている。原注はないが抽象度の高い作品であるため、最低限の訳注をつけた。またすでに述べたように、このシリーズには、彼女と同じ輸送列車でアウシュヴィッツに送られた仲間たちの名前が多く登場する。作品中の登場人物たちをすぐさま実在の人物と同定することはできないものの、この作品で描かれている世界が架空の世界ではないということを感じ、彼女たちの人生に思いを馳せてこの作品を読みなおすためにも、モデルと思われる女性たちの人生を「作品中に登場する人たち」としてまとめておくことにした。また、資料として「強制収容所用語」もつけた。原書では初版の目次が削除されているとすでに書いたが、本書では右記のように作品以外の項目を付したため、目次をつけている。この際、読者の読みやすさを考慮して、初版の目次を参考に作品中の章題も目次に含めることとした。無題の詩や散文に関しては［　］内に冒頭の語句を記している。こうした配慮は当初のデルボーのねらいには反するかもしれないが、アウシュヴィッツ解放から七十五年以上の歳月を経て、時と空間を隔てた現代日本の読者に宛てられている。

Delboを「デルボ」（「シャルロット・デルボ――アウシュヴィッツを「聴く」証人」の谷口亜沙子さんが採用している）と表記するか、「デルボー」と表記するかは最後まで悩んだが、前訳の篠田浩一郎さんに倣って「デルボー」とした。

一九八五年に亡くなるまで、ほぼ無名の作家でありつづけたシャルロット・デルボーの作品の多くは、近年になって再版されている。主な作品の文献リストは以下のとおりである。

〈著作〉

『レ・ベル・レットル』（一九六一年）*Les Belles Lettres*, Minuit, 1961.

『一月二十四日の輸送列車』（一九六五年）〔当解説においてCと略記〕*Le Convoi du 24 janvier*, Minuit, 1965.

『誰も戻らない（初版）』（一九六五年）〔Aと略記〕*Aucun de nous ne reviendra*, Gonthier, 1965.

「アウシュヴィッツの唄」篠田浩一郎訳、『全集・現代世界文学の発見6　実存と状況』所収、學藝書林、一九七〇年。
『誰も戻らない——アウシュヴィッツとその後　第一巻』（一九七〇年、本書）*Auschwitz et après : I. Aucun de nous ne reviendra*, Minuit, 1970.
『無益な知識——アウシュヴィッツとその後　第二巻』（一九七〇年）〔IIと略記〕*Auschwitz et après : II. Une connaissance inutile*, Minuit, 1970.「生きている者たちへの祈り——『アウシュヴィッツとその後（二）無益な知識』より」亀井佑佳訳、『多様体』第三号〔特集：詩作／思索〕所収、月曜社、二〇二〇年。
『私たちの日々の尺度——アウシュヴィッツとその後　第三巻』（一九七一年）*Auschwitz et après : III. Mesure de nos jours*, Minuit, 1971.
『亡霊、私の仲間たち』（一九七七年）*Spectres, mes compagnons*, Maurice Bridel, 1977 ; Berg International, 1995.
『記憶と日々』（一九八五年、死後出版）〔LMJと略記〕*La Mémoire et les jours*, Berg International, 1985.

〈戯曲〉
『選びし者たち』（一九六七年）*Ceux qui avaient choisi*, Les provinciales, 2011 ; Flammarion, 2017.

『誰がこの言葉を伝えるのか?』(一九七四年)〔その他未刊行作品を含む〕*Qui rapportera ces paroles ? et autres écrits inédits*, Fayard, 2013.

本書を訳出するにあたっては、初版の篠田浩一郎さんの邦訳やロゼット・C・レイモントの英訳を参照させていただいた。直接存じあげないものの、谷口亜沙子さんのデルボー論にも多くのご示唆をいただいた。フランス語の解釈やニュアンスに関して丁寧に教えてくれたフランク・フォコニエ先生には感謝している。また何より、翻訳経験のほとんどない訳者の持ちこみ訳稿の出版を快く引き受け、ご多忙にもかかわらず数多くのご指摘やアドバイスをくださり、本書の出版にご尽力くださった月曜社の小林浩さんに、この場を借りて心からお礼申しあげる。最後に、コメントをくれた友人や、月曜社の小林さんを紹介してくれた夫を含め、いつもそばで支えてくれる人たちにも感謝を伝えたい。

〈引用文献〉

Violaine Gelly et Paul Gradvohl, *Charlotte Delbo*, Fayard, coll. Pluriel, 2017.
Ghislaine Dunant, *Charlotte Delbo, La vie retrouvée*, Grasset, 2016.

Simone Alizon, *L'exercice de vivre*, Stock, 1996.
Sous la direction de Christiane Page, *Charlotte Delbo, Œuvre et engagements*, Presses universitaires de Rennes, 2014.
Claude Prévost, « Entretien avec Charlotte Delbo », *La Nouvelle Critique*, nº 167, juin 1965.
谷口亜沙子「シャルロット・デルボ——アウシュヴィッツを「聴く」証人」、塚本昌則・鈴木雅雄編『声と文学——拡張する身体の誘惑』所収、平凡社、二〇一七年。

【著者略歴】

シャルロット・デルボー（Charlotte Delbo, 1913–1985）

フランスの作家。1913年8月10日、ヴィニュー-シュル-セーヌ（パリ南東郊）生まれ。1942年3月、レジスタンス活動を理由に夫のジョルジュ・デュダックとともにフランス警察に逮捕され、ゲシュタポに身柄を引きわたされる。夫の銃殺刑ののち、229人のフランス人レジスタンス女性とともに1943年1月24日の輸送列車でアウシュヴィッツ強制収容所に送られ、1945年4月23日にラーフェンスブリュック女性収容所にて解放された。1985年3月1日、パリにて病没。享年71歳。主な著書に、『アウシュヴィッツの唄』（篠田浩一郎訳、『全集・現代世界文学の発見6　実存と状況』所収、學藝書林、1970年；本訳書『誰も戻らない』の原著初版1965年版の全訳）、『アウシュヴィッツとその後』（全3巻、1970～1971年；第1巻『誰も戻らない』本訳書）、『誰がこの言葉を伝えるのか』（1974年、未訳）、『記憶と日々』（1985年、未訳）など。

【訳者略歴】

亀井佑佳（かめい・ゆか, 1986–）

フランス文学・哲学研究。立命館大学大学院文学研究科人文学専攻哲学専修博士前期課程修了。翻訳（相澤佑佳名義含む）に、ベルンハルト・ヴァルデンフェルス「間文化性への現象学的パースペクティブ」（『現代思想』2009年12月臨時増刊号〔総特集：フッサール――現象学の深化と拡張〕所収、青土社；谷徹編『間文化性の哲学』所収、文理閣、2014年）、シャルロット・デルボー「生きている者たちへの祈り――『アウシュヴィッツとその後（2）無益な知識』より」（『多様体』第3号〔特集：詩作／思索〕所収、月曜社、2020年）。論文に、「強制収容所における「恥ずかしさ」の考察――デルボー、レヴィナス、アガンベン」（『立命館哲学』第32集所収、立命館大学哲学会、2021年）。

誰も戻らない

アウシュヴィッツとその後　第一巻

著者　シャルロット・デルボー

訳者　亀井佑佳

2022年4月25日　第1刷発行

発行者　小林浩

発行所　有限会社 月曜社

〒182-0006 東京都調布市西つつじヶ丘4-47-3

電話 03-3935-0515　FAX 042-481-2561

http://getsuyosha.jp

造本設計　野田和浩

印刷製本　株式会社シナノパブリッシングプレス

ISBN978-4-86503-129-4

Printed in Japan

第 5 回：2013 年 8 月

労働者　支配と形態

エルンスト・ユンガー

川合全弘 訳

本体 2800 円

第 6 回：2013 年 12 月

翻訳について

ジョン・サリス

西山達也 訳

本体 3400 円

第 7 回：2014 年 6 月

デリダと文学

ニコラス・ロイル

中井亜佐子／吉田裕 訳

本体 2800 円

第 8 回：2014 年 12 月

謎の男トマ　一九四一年初版

モーリス・ブランショ

門間広明 訳

［完売］

第 9 回：2015 年 4 月

ドラマ

フィリップ・ソレルス

岩崎力 訳

本体 2400 円

第 10 回：2018 年 1 月

生のなかば

ヘルダーリン詩学にまつわる試論

ヴィンフリート・メニングハウス

竹峰義和 訳

本体 2500 円

第 11 回：2018 年 8 月

詩集

ステファヌ・マラルメ

柏倉康夫 訳

本体 2200 円

第 12 回：2018 年 8 月

来るべき種族

エドワード・ブルワー＝リットン

小澤正人 訳

本体 2400 円

叢書・エクリチュールの冒険

既刊配本書目一覧

第1回：2007年9月

書物の不在〔初版 朱色本〕

モーリス・ブランショ

中山元 訳

800部限定［完売］

再版：2009年2月

書物の不在〔第二版 鉄色本〕

モーリス・ブランショ

中山元 訳

1000部限定［完売］

第2回：2012年2月

いまだない世界を求めて

ロドルフ・ガシェ

吉国浩哉 訳

本体3000円

第3回：2012年8月

到来する共同体〔初版 黄色本〕

ジョルジョ・アガンベン

上村忠男 訳

［完売］

再版：2015年2月

到来する共同体〔新装版 白色本〕

ジョルジョ・アガンベン

上村忠男 訳

本体1800円

第4回：2012年9月

盲目と洞察

現代批評の修辞学における試論

ポール・ド・マン

宮崎裕助／木内久美子 訳

本体3200円

叢書・エクリチュールの冒険

既刊配本書目一覧

第 13 回：2019 年 5 月

私の肌の砦のなかで

ジョージ・ラミング

吉田裕 訳

本体 3800 円

第 14 回：2018 年 11 月

ジブラルタルの征服

ラシード・ブージェドラ

下境真由美 訳

本体 3000 円

第 15 回：2020 年 1 月

脱構築の力　来日講演と論文

ロドルフ・ガシェ

宮﨑裕助 編訳

入江哲朗／串田純一／
島田貴史／清水一浩 訳

本体 2700 円

第 16 回：2020 年 3 月

エウメスヴィル

あるアナークの手記

エルンスト・ユンガー

田尻三千夫 訳

本体 3500 円

第 17 回：2020 年 8 月

スクリッブル　権力／書くこと

付：パトリック・トール
「形象変化（象徴的なものの考古学）」

ジャック・デリダ

大橋完太郎 訳

本体 2200 円

第 18 回：2021 年 3 月

地理哲学

ドゥルーズ&ガタリ
『哲学とは何か』について

ロドルフ・ガシェ

大久保歩 訳

本体 3000 円